# 惚れ薬でもあれば一服盛りましょうか

紗伯樹
Saeki Itsuki

文芸社

# 一

七月も半ばを過ぎたというのに、このところ雨ばかり降っている。特にここ三日間降り続いた雨は、各地に被害をもたらした。そして、今日はようやく雨も上がり、真っ青な空が広がっていた。

橘奈津子、二十五歳。都内の中小企業に勤めるＯＬである。奈津子と同期で入社した十人のうち、八人が女性。次々に結婚退社していくのを尻目に、残ったのは奈津子と真緒の二人。その真緒も半年前に結婚した。二人の男性のうち、一人は福岡へ転勤になり、残ったのは奈津子と大沢翼。この二人だけになってしまった。

「今日、飲みに行かないか」

翼が奈津子を誘うのはこれで何度目か。数えきれない。入社して五年もたつのに、二人きりで行ったことはないのだ。もちろん何度も奈津子は誘われた。そのつどなんだかんだと言いわけをして断ってきたのだった。

「いいわよ」

奈津子はあっさりと言った。また断られるだろうと思っていた翼の方が不意打ちを食らったような感じだ。

「どうしたの？」

ポカンとしている翼に奈津子が言った。

「い、いや。珍しいなと思ってさ」

「何が？」

二人で新宿の街を歩き、翼がときどき行くという居酒屋の暖簾をくぐった。

「僕達、もうそうとう一緒に酒飲んでいるけど、こうやって二人きりで飲むのって初めてだよね」

大沢翼。二浪して大学に入学している彼は、短大出の奈津子より年はいくつか上のはずだ。真面目でおとなしいがどこか頼りない。身体つきもがっしりした感じではなく、ヒョロヒョロとして見えた。それに比べて奈津子の方は、背は翼よりだいぶ低いが、学生時代短距離の選手だったというだけあって、筋肉質で締まっていた。

初めて奈津子と二人きりでデートをする翼は、ウキウキと心を踊らせていた。ところが、五分もしないうちに会社の連中がやってきて合流することになり、急に賑やかになった。四人がけのテーブルに五人で座ることになったため、奈津子と翼は隅っこに追いやられて窮屈な思いをすることになった。

「明日、真緒の家に呼ばれているの」

奈津子は翼に向かって言った。

「真緒か。あいつも結婚しちまって。あいつの旦那、なんて言ったたっけ」

別の誰かが答える。

「八木沢だろ」

奈津子はグラスに注がれていたビールを一息に飲み干した。

「何か怒ってる?」

翼はあたりを気にしながら奈津子に言った。

「別に」

奈津子は素っ気なく言った。どうも奈津子には結婚という言葉は禁句らしい。奈津子だって、別に独身主義というわけではなく、いい人がいたらいつでも結婚しようと、そのための心の準備はもうとっくにできていた。

「真緒の奴、どこで八木沢なんて男と出会ったんだろう」

また別の誰かが言う。

「さあ」

そういえば、奈津子も詳しくは聞いていなかった。というより、真緒がその話になるとわざと話を逸らして、あまり言いたがらないから、以来誰もその話題を持ち出さないのだ。

「結婚相談所に行ってたっていう噂もあったけど」

「えっ？」

奈津子にはそんな話は初耳だった。

「そうなの？」

奈津子は新しく注がれたビールを飲む手を止めた。

「噂だけどね」

ここは道路に面している若者向けの居酒屋だ。あとから来た三人はさんざん飲んで喋ったあげく「じゃあ」と言って帰っていった。帰り際、一人の男が翼に「頑張れよ」と意味深な笑みを浮かべて、奈津子に向かって手を振った。

「あれ」

奈津子はサバの味噌煮を食べていた手を止めて翼の腕を叩いた。

「どうした？」

翼は口に入っていた物をビールで流し込んでから、奈津子の指差す方を見た。

「あれ中森さんじゃない？」

「似てるけど違うだろ。中森は福岡だぜ」

中森彰は奈津子、翼とは同期で、福岡に転勤になった男だ。

「中生一つ」

翼は振り返って生ビールを注文する。

「私も」

奈津子もすぐ、もう一つと手を上げた。

「お前、ずいぶん強くなったな」

「おかげ様で」

奈津子は今来たばかりの中ジョッキを、グイグイと半分くらいまで一気に飲んだ。

「飲みすぎだぞ」

もうすでに瓶のビールを一本ずつは飲んでいた。

「平気よ。明日は土曜日。お休みよ」

「真緒の家に行くんじゃなかったのか」

「午後からだもん」

奈津子は残っていたサバの味噌煮を平らげた。

「僕も行っていいかな」

「どこへ」

翼も奈津子に負けてはいられないと、中ジョッキを半分まで一気に飲んだ。

「真緒んとこだよ」

奈津子は次は何を食べようかと周りを見ている。

「駄目よ。真緒、何か悩んでいるみたいだったし。そんなに暇なら、あんたも結婚相談所でも行けば」

「お前が先だろ」

「ほっといてよ」

奈津子は中ジョッキを空にし、お代わりを頼んだ。

「あの噂、本当だったのか?」

翼は中ジョッキに口を付けて一口飲んだ。

「どんな噂」

「お前が岩田部長と不倫してたって……」

奈津子はマジマジと翼を見た。

「翼、あんた酔ってる。顔が真っ赤だもん」

「はぐらかすなよ」

翼は奈津子の肩を押さえて自分の方に顔を向けさせた。

「好きだったわ、部長のこと。でも不倫はしてない。全然相手にされなかった」

奈津子は嘘をついた。

「じゃあ、なんで部長は仙台へ飛ばされたんだ。左遷じゃないか」

「絡まないでよ。もう帰りましょ」

二人は酔い醒ましに外へ出た。そして、少し歩いてから車を拾った。奈津子は仕方なく、酔った翼を抱えてタクシーに乗せ、翼の家まで送った。翼の住むアパートと奈津子のマンションは歩いても十分そこそこである。救急車が近くに停まって人だかりができていた。タクシーはそれとは関係なく車を走らせた。

「あれ?」

奈津子はまた中森を見たような気がした。が、今度は翼には言わなかった。


次の朝、奈津子は電話の音に起こされた。けたたましく鳴る電話の音が二日酔いの奈津子の頭に響く。いつもこんな時は喧しく鳴り続ける音が恨めしく、優しいメロディに取り替えようと思うのだが、つい忘れてそのままにしていた。

「誰よ。こんな時間に」

時計を見ると、まだ七時である。

「はい、もしもし橘です」

「おいっ、テレビつけろ。早く！」

「えっ、なあに？」

奈津子は夕べはあんなにしっかりしていた自分の方が二日酔いで、あんなに酔っぱらっていたはずの翼が、すっかりアルコールが抜けているらしいのがどうも納得いかない。

「いいから早くテレビつけろって」

「今つけたわよ」

『亡くなった中森さんは……』

奈津子は辛うじてそこだけは聞くことができた。

「どういうこと？」

「僕にも分からないよ」

「ちょっと待って」

奈津子は、洗面所まで電話機を持っていき、そこに置いてバシャバシャと顔を洗った。

「もしもし」

「あ、ごめん。聞いてるわ」

奈津子は左手で電話機を持って、もう一方の手で顔を拭いた。

「昨日お前が見たのは、やっぱり中森だったんだ」

「うん」

奈津子はしばらくの間考えた。

「これから、警察に行ってくる」

「一緒に行こう。一時間後に迎えに行く」

翼はきっかり一時間後に迎えに来た。二人は会社のある新宿東西署へ向かった。

「夕べ、中森さんを見かけました」

奈津子は、五十歳くらいの高橋という刑事に話した。奈津子はその刑事に、その時どんな様子だったか、誰かと一緒ではなかったかとしつこく聞かれた。中森は新宿の繁華街で死んでいたこと、頭部に打撲の跡などが見られることなどから、事故と他殺の両方で調べていることなどを教えられたが、詳しいことはまだ何も分かっていないらしい。躍起になって目撃者を探しているところだった。

「解剖の結果を待たないとはっきりしたことは言えないが」

若い刑事は言った。

「どうもこの事件は……」

小さな声で付け加えた。

「お前、堀井じゃないか」

翼が堀井と呼んだその男は警視庁のキャリアで、スラッと伸びた長身と冷たい眼差しを眼鏡の奥に覗かせていた。

「大沢、久しぶりだな」

だが、話をしてみると、チラッと見せる笑顔には、今まで奈津子が出会ったどの人とも違う匂いを感じさせた。

「刑事になったとは知らなかったよ」

翼とは古くからの知り合いで、堀井はT大学卒業後、何年か留学していたので、歳は翼より少し上らしい。翼は、本庁から応援に来ていた堀井とは何年ぶりかの再会だった。

「どうもこの事件は、他殺の疑いが濃いんだ」

堀井は、翼と奈津子にだけ聞こえるように言った。そして、

「何か気付いたことがあったらいつでも連絡して下さい」

大きな声で言うと、正面の入口まで見送った。二人は堀井に軽く頭を下げると新宿東西署をあとにした。

「それにしても」

奈津子は急に笑い出した。

「何笑ってんだよ」

翼は自分の顔に何か付いているとでも思ったらしく顔を摩《さす》った。

「だって、キャハハハ」

奈津子はもう一度、今度は翼の顔をしみじみと見て笑った。奈津子が笑ったのは、こんなにヒョロヒョロとして頼りなさそうな翼が、スポーツ万能で、空手の有段者だと聞いたからだ。

「悪かったな。ヒョロヒョロしてて。服の上からじゃ筋肉隆々の身体は見えないもんな。ご要望とあらば今度服を脱いでご披露しましょうか?」

奈津子は笑うのを止めた。

「それにしても」

奈津子は急にシリアスになった。

「中森さん、どうして？　誰に殺されたんだろう」

「そうだな」

「誰かに恨まれるようなことあったのかしら？」

「さあ」

翼は時計を見た。十一時半だ。

「飯でも食おうか。腹減っただろ」

二人とも朝食も食べていなかった。

「うん、お腹ペコペコ」

奈津子は翼に対して一つ気になっていたことがあった。

堀井刑事はさっき、「大学時代、二人で一升酒飲んだよな。半分以上はお前が飲んだんだぞ……」と小さな声で言っていた。その翼が昨日あれくらいで酔い潰れるだろうか。何か話したいことがあったのではないだろうかと奈津子は思った。食事を終え「じゃあ」と翼と別れた奈津子は、その足で真緒の家に向かった。電話の様子では、真緒はそうとう悩んでいるようだ。奈津子は少し憂鬱になった。たった今警察に行って話したことが頭の中をよぎる。相手が真緒でなければ断ったであろう。

「絶対に来てね」

奈津子は思い詰めたような真緒の声を思い出していた。真緒の相談事とはなんだろう。

奈津子は重い足を引きずるように真緒のマンションに辿り着き、チャイムを鳴らした。扉を開けて真緒が「ようこそ」と出迎えてくれた。なんだ、ずいぶん明るいじゃんと奈津子は思った。

「さあ入って」

「うん」

「ご主人は?」

「昨日から大阪へ出張なの」

真緒がお茶の支度をしていると、ピンポーンともう一度玄関のチャイムが鳴った。

「あ、来た来た」

真緒はどこかウキウキとしていた。

「どうぞ」

新しい客が通された。

「さあ座って。紹介するわね。永井良介さん、三十歳。私達の結婚式の時、あなたを見て一目惚れしたそうよ。それでどうしても奈津子のこと紹介してほしいって言われてたのよ。騙してごめんね。ホントのこと言ったら、あなた来なかったでしょ？」

いつもはおっとりとした真緒が今日はテキパキと話をした。

「そんなことはないけど」

奈津子の声がだんだんと小さくなる。確かに真緒の結婚式の時に会ったような気はした。そして奈津子は思った。あの思い詰めたような声はなんだったの？　真緒ったら私を騙すなんてひどいじゃない。それもこんな日に。

「でも今日はそんな浮かれている気分じゃないわ」

「中森さんのことね」

奈津子は「うん」と頷いた。

「でも、永井さん、月曜日からまた仕事でオーストラリアへ行かなきゃならないんだって。彼は世界を飛び回っているからなかなか時間が取れなくて」

「彼女を責めないで下さい。僕がどうしてもとわがままを言ったから」

永井はいかにも申しわけないというふうに言った。奈津子もそこまで言われて悪い気はしない。

「分かりました。今日一日、といってももう半日もないけど、お付き合いします」

「ホントにごめんなさい。ちょっと強引だったと少し反省しています。怒っていませんか？」

二人はマンションの前に停めてあった良介の車に乗り込んだ。

「いいえ」

「本当に？」

「ええ」

奈津子は自分でも意識してにっこりと微笑んだ。車は首都高速道路を走った。

「よかった」

奈津子は良介の横顔をマジマジと見た。背も高く、顔だって悪くない。モテそうな感じだ。

「確か真緒のご主人の光さんのご友人でしたよね」

「ええ、そうです」

永井はクスッと笑った。奈津子が自分を訝しげに見詰めたからだ。

「僕と二人きりでは心配ですか？」

「いいえ、そんなことは」

奈津子は慌てた。本心を言えば、ほとんど知らない男と、しかも車で、二人きりで出かけるなどということが不安でないはずがない。

「上着を後ろに置いたので、あとで名刺をお渡ししますが、そんなに怪しい人間ではないと思いますよ」

自分で言うのもおかしいけれどと言いながら良介は笑った。車はしばらくはたいした渋滞にも会わずスムーズに走った。

「知り合いの方が殺されたんですってね」

「えっ、ええ。でもどうして?」

「いや、テレビで見ましたよ。それよりも……」

良介はさりげなくCDを入れた。

「実は一緒に行ってほしいところがあります」

車内に静かな音楽が流れた。

「どこへ?」

奈津子は首を傾げた。

「心配ですか?」

「いいえ」

良介はハハハッと笑うと、

「大丈夫ですよ。いくら僕でも、会ったばかりの女性を誘拐したりはしませんよ」

奈津子も「いいえ、そんな」と言いながら笑った。

車の中に流れるメロディは外国人男性の歌声へと変わった。

「いい曲でしょ」

「ええ、とても素敵。これはなんていう曲ですか?」

聞いてもさっぱり分からなかった。ただ、ずっと聞いていると胸を締め付けられるほど悲しい曲だった。車はやがて中央高速へと入り、だんだんと東京が遠くなっていく。奈津子は車の時計をチラッと見た。四時を回っていた。それから談合坂で一度休んで、八ヶ岳のロッジに着いたのは七時少し前だった。

「ここの支配人は僕の十数年来の友人なんだ」

良介は支配人に挨拶をすると、一番奥のブースに通された。窓から八ヶ岳が一望できる一番いい席に、二人は向かい合って座った。すぐにワインが運ばれてきた。

「今日の日に乾杯」

二人はグラスを合わせた。シェフお勧めの料理が次々に運ばれてくる。雰囲気も、味も、昨日の居酒屋とはえらい違いである。もちろんそれはそれで美味しかったが。何よりも相手が違う。こちらは紳士である。がさつな翼とは何もかもが違っていた。

「いかがですか?」

先ほどの支配人が顔を出す。

「ええ、どれも大変美味しくいただきましたわ」

奈津子も少し気取って答える。ワインが効いてきたのかもしれない。運転があるからと、最初に注がれた分だけしか飲んでいない良介に代わり、残りのほとんどを一人で空けた。

「彼女が噂の？」

支配人が良介の耳元で囁く。

「ああ」

「噂ってなんですか？」

奈津子が二人を見て怪訝そうに言う。

「気を悪くしないで下さい。決して悪い噂ではありませんから」

支配人は少しうろたえた。そうそう、彼から渡された名刺には、支配人・杉本の名が記されていた。

「実は、結婚式でこいつがあなたに一目惚れして、紹介しろとしつこく食い下がったそうですよ」

「そこまで言うなよ」

良介は照れ笑いした。

「そして絶対ここに連れてくるって約束したんです。私はそんなことは絶対無理だと言って取り合わなかったんですがね」

良介はワインに噎《む》せた。

「あなたの話は何度もこいつから聞かされていましてね。思ったとおりの人でした。でも、気を付けた方がいいですよ。女性には手が早いですからね」

「おいおい、変なこと言わないでくれよ。知らない人が聞いたら本気にするだろうが」

「冗談ですよ。いたって真面目な男ですよ。これでいいか？」

良介は手を振って早く行けとばかりに追い払った。杉本はしっかり支配人の顔に戻って、空いた皿を下げていった。

食事が終わってから、車をロッジに停めたまま二人で少し散歩をした。車に戻った奈津子は喉が乾いたからと、もう一度ロッジに戻りジュースを飲んでから車に戻った。しかし、車が走り出してからすぐに気持ちが悪くなった。頭がクラクラするし、胸はムカムカする。

その夜、正確にはもう翌日になっていたが、別の場所で一つの事件が起きていた。

「なぜだ。お前に殺されなきゃあならないようなことは何もしていない」

黒い影は執拗にその男を追い詰めた。

「頼む。助けてくれ！」

白髪混じりのその男はボロボロの服を着て、食事もろくにしていない様子だ。

「殺さないでくれ‼」

ズンッという鈍い音とともに、その男は地面に倒れた。刺された腹部から真っ赤な血が流れ出ていた。


柔らかい日差しが顔に当たった。心地よい朝の目覚めだ。そして次の瞬間、奈津子はいつもと違う目覚めに気が付いてあたりを見回した。脇に置いてあったヒジ掛けイスにもたれて眠っている良介を見た時には、心臓が口から飛び出るのではないかと思うくらい驚いた。

奈津子はベッドから飛び下りると窓から外を眺めた。

「おはよう」

眠っているとばかり思っていた良介が奈津子のすぐ後ろに立っていた。

「あ、あのう」

良介はしばらくジッと奈津子を見詰めた。

「夕べは何もなかった。誓います。残念だけどね」

そして、良介はここにいたるまでの経緯を話して聞かせた。良介の話によると、夕べ車に乗ってから、少し気持ちが悪いと奈津子が言うので、すぐに車を止めたらしい。そのあと奈津子は外に出てすぐに吐いてしまったという。なんとなくそこらへんまでは奈津子にも記憶はあった。

「大丈夫?」と聞いたら、「気持ち悪い」と言うので、しばらく風に当たっていればよくなると思っていたが、顔色が真っ青だったので、もう一度ロッジに戻って寝かせたというのである。

「ごめんなさい。お世話をおかけしました」

奈津子は今日ばかりは神妙である。

コンコンコン。

すると誰かがドアをノックをした。

「失礼致します」

支配人の杉本だ。ドアを開ける良介と目が合う。

「具合はどうだ?」

一瞬友人の顔を見せる。

「ああ」

良介が頷く。

「昨夜は大変ご迷惑をおかけしたようで、本当に申しわけありません」

奈津子は素直に頭を下げた。

「いえいえ、とんでもございません。でもちょうど空いているお部屋があって本当によかった。いつもですと、この時期の土曜日はほとんど満室なんですが、たまたま昨日は一つキャンセルがありまして。本当にラッキーでしたね」

奈津子が恐縮していると、杉本はさらに言葉を続けた。

「それにしても、具合の悪いあなたを連れて来た時の永井の顔ったらなかったな」

杉本は良介を冷やかした。

「それ以上言うな」

良介はむきになって怒る。それがまた杉本にはおかしいらしく、またからかった。

「夕べは寝ずの看病ですよ。ずっと眠っているあなたの顔を見ていましたよ。襲われませんでしたか」

「馬鹿なこと言ってんじゃない。それ以上言うとホントに怒るぞ」

良介は照れながらもまんざらではなさそうである。

「お前、何しに来たんだ。用がなければ行けよ」

「そんなに邪魔にするなよ。朝食のバイキングは十時までだって言いに来たんだ」

杉本は「お粥もありますよ」と言い添えて出ていった。

時計を見たらもう九時を過ぎている。急いで支度をしてから食事を済ませ、八ヶ岳のロッジをあとにした。

「ホントにごめんなさい」

車に乗ってからも奈津子はずっとそのことを気にしていた。

「そんなに気にしないで下さい。僕は嬉しかったんですから。一晩中君と一緒にいられて」

奈津子が困った顔を見せる。

「冗談ですよ。いや、本気かな？　このまま一緒にいたかったけど、今夜の便でまたオーストラリアに発たなければならないんです。また会ってくれますか？」

「ええ」

奈津子が自分のマンションに着いたのは、昼をだいぶ回った頃だった。

「それにしても」

奈津子は独り言を呟いた。

「それにしてもなんたる醜態」

奈津子は自分が情けなかった。車に乗ったところまでは覚えているが、その先の記憶がはっきりとしない。昔は年に何回かは酔って記憶が途切れることがあったため、最近では日頃から飲みすぎないように気を付けていたはずだった。

「車に揺られたせいだわ」

そう思いながら眠りに就いた。


けたたましく鳴る電話の音にまたしても起こされた。

「はい、もしもし」

「何やってんだ」

電話の向こうで怒鳴る声が聞こえる。声で分かる。翼だ。

「そんなに怒鳴らなくたって聞こえてるわよ」

奈津子は時計を見た。まだ三時だ。なんで留守電にしておかなかったのかと後悔した。

「新聞見たか」

奈津子はリビングのソファに座り新聞を広げた。といってもワンルームマンションなので、寝室もリビングも一緒である。ただ、自分の気持ちの中で仕切っているだけのことだ。

「どこを見ればいいの?」

奈津子は新聞を捲っているうちに、一つの事件に目が止まった。

『……容疑者は輸入販売会社を経営するN氏……』

(まさか彼じゃ)

奈津子の頭に浮かんだのは永井良介のことだ。奈津子はなぜ自分がそう思ったのか、理由は分からなかったがそう直感した。

「そんなわけないよね」

「何ゴチャゴチャ言ってんだ。中森の事件だよ」

記事はすぐ隣にあった。

「そこに書いてあるだろ。重要参考人のところ」

奈津子は記事を読んだ。

「警察は世田谷区在住の……」

「真緒の旦那らしい」

翼がポツリと言う。

「えっ」

奈津子は瞬時には状況が飲み込めない。

「堀井に聞いたから間違いない」

「私、行ってくる」

奈津子は寝呆けている場合ではなかった。

「おい、待てよ。奈津子」

ツー、ツー。電話はすでに切られていた。

奈津子が急いで支度をして靴を履いて部屋を出ようとした瞬間、玄関のチャイムが鳴った。

「ちょうどよかったわ。今出ようと思ったの。一緒に行きましょ」

翼が迎えに来たのだと思って扉を開けると、

「警察です」

いきなり警察手帳を見せられた。

「まったく、腹が立つったらありゃあしない」

奈津子はプンプン怒っていた。

「まるで容疑者扱いなのよ」

奈津子は私服の警察官に任意同行を求められ、どっちみち行くつもりだったのだからちょうどいいやと、ホイホイとパトカーに乗ってしまった。覆面だからランプは付いていないものの、近所の人にどう思われたか。

奈津子は三十代半ばの後藤という刑事と、この前会った高橋という二人の刑事に連行されるように警察署に向かった。

「お前も共犯なんじゃないのか」

そう言われているような気がした。物腰は柔らかだが、言っていることは結構きつい。

「堀井が連絡してくれなかったら、まだ帰れなかったんだぞ」

翼は奈津子以上に怒っているようだった。但し、その理由は奈津子とは少し違っていた。

(なんでよく知りもしない男と朝まで一緒にいるんだ)

翼は警察に奈津子を引き取りに行った時、堀井から事情を全部聞いていたのだ。昨夜またもや男が一人刺殺された。死亡推定時刻は昨夜の十一時から今朝の二時頃。奈津子が新聞で見た重要参考人のNは、やはり永井だったのである。奈津子もなぜ新聞を見た時、すぐに永井だと思ったのか、自分でも説明が付かなかった。

(女の勘ってやつかな)

「永井さんはまだ帰れないのかしら」

「そんなこと知るか！」

「翼、妬いてんの」

「馬鹿野郎！」

翼は拳で奈津子の頭を殴る真似をした。

「翼、ホントに今日はありがとう」

「高いぞ」

「オッケー。なんでも食べたい物言って」

奈津子は歩きながら話した。

「永井さん、被害者とどういう関係だったの？」

「堀井が言うには……」

被害者の山家は永井良介の育ての親だ。良介の実の母は良介が十九歳の時に亡くなって、父親が独りで二人の子供を育てたらしい。

「二人?」

「ああ、妹がいるらしいんだ」

「それで?」

その父親も半年後に亡くなり、良介の母親の腹違いの弟の山家が、二人を引き取って育てたということだ。

「つまり、叔父さんてことね」

翼は頷いた。

「永井の親父さんの家はもともと資産家で、広大な土地を所有していたそうだ」

「じゃあ、二人の子供を引き取った時にその財産も任されたってわけね」

二人は近くのラーメン屋に入った。

「おい、なんでも好きな物食えって言わなかったか」

翼はラーメン屋の暖簾をくぐる奈津子に言った。

「翼とじゃ、フランス料理ってわけにいかないでしょ」

「なんでだよ」

「文句言わないの。ここのラーメン、すっごく美味しいんだから」

二人は大盛りのなんとかラーメンと餃子を食べ、翼はビールを一本飲んだ。

「お前、飲まないのか？」

「うん、今日は止めておく」

「そうだな」

翼は夕べの奈津子のワイン事件を知っていたから、それ以上は何も言わなかった。

「八木沢さん。どうしたかしら」

「さあな。堀井に聞いても教えてくれないんだ」

「真緒、大丈夫かしら？」

奈津子が警察に行っている間、翼は真緒の様子を見に行ってくれていた。意外にも真緒はしっかりとして、

「八木沢を信じて待つ」

と、そして今は一人にしてほしいと言っていたという。

「ところで」

二人とも店を出て奈津子のマンションへ向かった。

「さっきの話か？」

「うん」

「子供達にと父親が残した財産を、被害者が全部賭ごとに使ってしまったらしい。土

地も全部売り払って、今ではもう何も残ってはない。それどころか借金まであったってことだ」

「それで彼が恨んで殺したってわけ？」

「ああ、少なくても警察はそう思っているらしい。動機としては十分だからな」

「馬鹿馬鹿しい。彼はそんなことのできる人じゃないわ」

奈津子は部屋のドアを開けようと鍵を差し込んだ。

「あれ!?」

「どうした」

「開いてる」

「掛け忘れたんじゃないのか」

「そんなはずない。警察と一緒に行ったんだもん」

そっとドアを開けようとする奈津子を翼が制した。そして翼は奈津子の前に出て一気にドアを引っ張った。

「誰かいるのか！」

大きな声は真っ暗な部屋に響いた。そして翼は玄関の電気を点けた。

「お前、掃除くらいしろよ」

奈津子もあとから中に入った。

「まさか。いくら掃除が嫌いな私でもここまでは」

ソファは倒され、引き出しは開けられて中身が散乱していた。

「だろうな」

翼はすぐに堀井に連絡を取り、状況を説明した。堀井はすぐに鑑識を連れてやって来た。

「何かなくなった物は？」

堀井は奈津子に聞いた。

「ありません」

奈津子は即座に答えた。

「なんで分かるんだ？」

翼が言った。

「だって、盗られるような物なんて何もないもの」

通帳、印鑑、カードの類には手を付けていなかった。

「よく調べて下さい」

「そうだ、よく調べろよ。だいたいお前はそそっかしいんだから、あとであれがないなんて言ったって遅いんだぞ。被害届けってやつを出さなくっちゃならないんだからな」

「いえ、あとで気付いた時でもいいですから、すぐに連絡下さい。誰かから預かった物とか、何か気になることとかありませんか？」

「はい。あ、あの」

奈津子は声のトーンを下げた。

「あの、永井さんは？」

「ああ、あれからすぐ弁護士が来て連れて帰ったよ。大沢に言っておいたんだけど」

「あ、そうですか」

奈津子はすぐ後ろでバツが悪そうにしている翼に肘鉄を食らわせた。

「お前、今日どうするんだ？」

「どうしようかな」

奈津子は電話機を取ると真緒の家に泊めてもらおうと電話をかけた。

「真緒、今日は大変だったね」

「うん」

「独りで大丈夫？」

「うん」

「元気出して。光さん、すぐに無実だと分かって帰ってくるわ」

「うん。ありがとう」

光がいつ帰って来てもいいように、お風呂を沸かしてここで待っている。真緒はそう言って電話を切った。奈津子はとても泊めてほしいとは言えなかった。

「泊めてやってもいいぞ」

「何考えてんのよ」

「それじゃ、ここを片づけて独りで寝んのか。また、強盗がやって来て、今度は刺されるかもしれないし、首を締められるかもしれないんだぞ。まあ、明日の新聞楽しみにしてるよ」

「待ってよ」

帰ろうとする翼を追いかけた。

「僕と泊まる?」

「うん」

奈津子の目が意味ありげに笑っていた。

「なんでこうなるんだ?」

「文句を言わないの」

翼は奈津子の部屋のひっくり返ったソファを元の位置に戻し、散らかった物を片づけ、棚ごと倒されている本棚を起こして本を全部棚に戻した。

「はい、ここ掃除機かけといて」

奈津子の論理はこうであった。また犯人はここに来る。何かを探していたんだとしたら、多分もう一度。だから私はここで寝る。

「だったら独りで寝ればいいだろ」

「だって怖いもん。犯人を捕まえるのは翼の役目。だって翼ってホントはすっごく強いんでしょ。堀井さんが言ってたもん」

ということである。

「お前なあ」

翼に片づけをさせておいて、張本人の奈津子はソファに座って何かを開いている。

「何やってんだ?」

「アルバム見てんのよ」

「そんなことは見りゃあ分かるよ。なんでお前の部屋を俺が掃除して、お前はアルバムなんか見てんのか聞いてんだ」

「あ、俺って言った」

入社以来、罰金制度が決まっていた。言い出したのは真緒だった。酔うとつい「俺」が口癖の中森と翼のために、もちろん最初は冗談だった。

「そういえば、中森の奴、酔うとよく俺って言って真緒に一万円取られてたっけな」

「次の日、そのお金でみんなでランチしたのよね」

「中森、もういないんだもんな」

翼はしんみりと言った。

「ねえ、見て見て覚えてる？　これ会社の旅行でみんなで伊豆へ行った時のよ。楽しかったよね」

「ああ」

「翼ったら服着たまんまプールに落っこちて、ずぶ濡れになったんだよね」

「なんだよ。奈津子だって、海で溺れそうになったとこを俺が助けてやったんだろ」

奈津子は初秋の海に一人飛び込んだ。いやもっと分かりやすく言えばボートから落っこちたのだった。

「あ、また俺って言った」

「そうかあ、言ったか」

「言ったよ」

奈津子はアルバムを捲った。

「あ、これこれ。翼が昔私にくれたラブレターだ」

「嘘だろ。なんでそんなもんとっておくんだよ。返せよ」


入社して二年目の夏、残業していた奈津子は、同じく残業で遅くなった岩田部長に食事に誘われた。そして、何度か食事に誘われているうち、いつしか身体の関係になっていた。一年近くそんな関係を続けているうちに、いつの間にか社内に不倫の噂が流れた。岩田部長はそれを一笑に付したが、間もなく仙台へ転勤になった。そのことは真緒以外は知らないはずだったが、ちょうどその頃、家の郵便受けに翼からのラブレターが届いていた。もちろん二人以外にはそのことを知らない。


「駄目よ」

返せ、返さない、ともみ合っているうち、奈津子はダイニングテーブルに足がもつれてリビングのソファに倒れた。ダイニングからリビングまでは一メートルもない。倒れた奈津子の上に覆いかぶさるように翼も倒れかかって、二人の顔と顔の距離は十センチもなく近づいた。

「奈津子」

（僕の気持ちはあの頃と少しも変わっていない。君にあの手紙を書いたあの頃と少しも。君が真緒とのことを誤解して結局こうなっちゃったけど、でも今でも……）

奈津子はジッと翼の目を見た。翼の唇が奈津子の唇にあと数センチまで近づいた時、奈津子はそっと目を閉じた。そして、翼が目を閉じかけたその時、奈津子の頭の上の方で翼の携帯電話のメロディが鳴った。翼は部屋の片付けをする時、上着を脱いでソファに掛けた。携帯電話はその胸のポケットに入れてあったのだ。

「鳴ってるよ」

「ああ、分かってる」

翼は仕方なく上着を手に取って相手先の名前を見た。

「堀井だ」

奈津子は頷いた。

「はい、もしもし」

「大沢、よく聞け。奈津子さんの命が危ない。今鑑識から連絡があって、奈津子さんの部屋の指紋の中から殺人犯のものが出た。彼女を早く安全な場所へ連れて行け」

翼は電話を切った。

「ということだ。早く支度しろ」

しかし、奈津子はちっとも動こうとしない。

「の、望むところよ」

奈津子はここで待つというのだ。

「お前、身体が震えてるぞ」

翼は苦笑した。


奈津子は身の周りの物をボストンバックに詰めた。

「早くしろ。命が狙われているんだぞ」

翼は、さっきの勢いはどうしたんだと可笑しくてたまらない。

「分かってるわよ」

二人はやっと掃除の済んだ部屋をあとにした。翼の部屋までは歩いても十分程度だ。

翼はときどき後ろを振り返って、怪しげな人影がないか気にしていた。途中コンビニに寄って買い物をして、翼の部屋に着いたのは十二時近くだった。

「へえ、結構綺麗にしてんじゃん」

奈津子はバスルームを借り、翼のベッドで眠った。翼はもちろん床に座布団を敷いて寝た。

朝、目が覚めた奈津子は慌てて支度をすると、夕べコンビニで買ったパンと牛乳で朝食を済ませ、一足先に部屋を出た。外は雨が降っており、梅雨だったんだと改めて感じさせられる。

「おはようございます。課長はまだ？」

奈津子は小さな声で同じ課の女の子に聞いた。社内ではどの課も中森の話でもちきりだ。

「もうとっくに来てますよ」

「遅いぞ」

課長が怒鳴った。

「すいません」

奈津子は自分が怒鳴られたと思って深々と頭を下げた。ちょうどその時入口の扉が開き、翼が入ってきた。課長は翼に向かって言ったのだった。

「今日、中森さんのお通夜だそうですよ」

コピーを取りにきた若い女の子が翼にそっと耳打ちした。

「この雨じゃ大変ですよね。大沢さんも行かれますか？」

「ああ、そのつもりだけど」

「じゃ、私も行こう」

彼女、土田ゆかりは、二年くらい前に中途採用で入ってきたから、中森とはあまり接点はないはずである。

仕事が終わって、奈津子はいったん自分のマンションに戻った。そーっとドアを開けてパッと電気を点けると、ホッと深呼吸した。数件の留守番電話を聞いた。一件目は永井である。警察に連行されたことへのお詫びと、証言してくれたことへのお礼であった。そして、最後にまた会いたいと結んでいた。

「帰ってこれたんだあ」

奈津子は独り言を言った。二件目は同窓会の誘い。三件目はもうお嫁に行った元同僚の真紀子から食事のお誘い。それから無言が一件。そして最後は、

「もしもし、橘奈津子さん？　フ、フ、フ、ハハハハハ」

不気味な笑いで終わっていた。気味が悪い。早くここを出ようと入口のドアへ向かって歩いた。ちょうどその時、誰かがドアのノブを回した。奈津子は（殺される）と

思い、翼の言うことを聞いておけばよかったと涙が出た。そして部屋の明かりを消した。

（そうだ！　こんな時のために買っておいた野球のバット）。いつもベッドの脇に置いておくのにそこにはない。この前の掃除で別の場所に置いたんだ。（えっと、どこだっけ）。こんな時は慌てるものだ。取り敢えず奈津子は靴を持って、そーっとソファの影に隠れた。勢いよくドアが開けられる。奈津子は持っていた靴を、入ってきた男目がけて思い切り投げつけた。そして、

「キャー、誰か助けて」

と力いっぱい叫んだ。

その頃、真緒は自宅のマンションのソファに独りポツンと座っていた。何を考えるともなく、どこを見ているでもない。昨日の明け方に帰宅した真緒の夫の光は、真緒より一歳年下の二十四歳。真緒はおっとりとした家庭的な女だ。光の方は年下とは思えないほどしっかりしていて、賭けごともしない真面目な男だ。

「警察だ」

いきなり玄関のドアを開け光は連れていかれた。

「ひかる」

「僕は無実だ。何もしていない。心配するな。必ず帰ってくるから」

それだけ言うと、光は数人の警察官と一緒に車に乗せられていった。

(今頃、光はどうしているんだろう)

光が警察に連行されてから、もう丸一日以上過ぎているというのに、その後なんの連絡もない。


「奈津子、僕だ」

翼、翼なの。奈津子は身体中の力が抜け、ヘナヘナとそこへ座り込んだ。

「怖かったあ」

奈津子は翼の首に両方の腕を絡ませて抱きつき、泣きじゃくった。悪い気がしない翼は奈津子が泣き止むまで、ずっとその体勢を崩さずにいた。

「ごめんなさい」

「ひどいよ。靴をぶつけるなんて」

奈津子の投げつけた靴は翼の頭に当たった。翼の頭の真ん中にちょうどヒールの部分が当たったため、コブができていた。

「ホントにごめんなさい」

奈津子は冷たいタオルで翼の頭を冷やした。

「何やってたんだよ、こんなところで」

「喪服を取りにきたのよ」

「怪しい行動するなよ」

「あなたこそ何してんのよ」

奈津子の頭の中では、さっきのことはもうなかったことになっていた。

「僕はたまたま通りかかったら、明かりが点いていたから犯人かと思って……」

「紛らわしいことしないでよ」

「どっちがだ」

まあまあと仲裁に入ったのは、奈津子の悲鳴を聞いてたまたま駆けつけた、近所をパトロール中の警官だった。

「そうだ、ちょっとこれを聞いて」

奈津子は二人に留守番電話のメッセージを聞かせた。すると、その警官はすぐに署に連絡し、

「このテープお借りします」

と言って、持っていった。

「フー」

　奈津子はため息をついた。

「これから中森さんのお通夜に行くんだけど、一緒に行ってくれない？」

　奈津子は翼の顔を上目遣いに見た。

「いいよ」

　翼が簡単に承諾したので、奈津子は拍子抜けした。

「彼女と行くんじゃないの？」

「彼女って？」

「呆けちゃって。ゆかりよ。土田ゆかり」

　奈津子はさっきの翼とゆかりの会話を気にしていた。

「別に、約束はしてないよ。行くかと聞かれたから行くと答えただけだ」

　奈津子はホッとして笑顔を見せた。

「なんだよ、変な奴だな」

「実はその前に真緒のところに寄りたいの」

「真緒も行くって？」

「うん。今日会社に電話があったの」

奈津子の顔から笑顔が消えていた。

「この事件が決着つくまで止した方がいいんじゃないのか」

「私もそう言ったんだけど」

「あいつも結構頑固なとこあるからな」

二人は真緒のマンションへ向かった。真緒はすでに支度ができており、奈津子は急いで着替えるとそこを出た。


葬儀は東京下町にある中森の実家の近くの斎場でとりおこなわれた。

斎場には大勢の人が来ていて、記帳者の中には会社関係の人が何人もいた。ゆかりは翼を見つけると手を振って合図した。三人でお焼香の列に並んでいると、生後半年くらいの赤ちゃんを抱いていた中森の妻が、突然、その子を隣にいた妻の母親らしき人に渡し、三人のいる方に向かって歩いてきた。奈津子達があとずさりしてしまうほどの形相である。

「帰って下さい。主人も私達も、あなたに焼香してもらうことなど望んではいません。

どうぞ、お帰り下さい」

彼女の身体はワナワナと震えていた。

「真緒」

泣きながら走り去る真緒を奈津子は追いかけた。翼は急いで焼香を済ませてからあとを追った。二人で真緒を家まで送り、独りになりたいと言う真緒の気持ちを尊重し、奈津子と翼はそこを出た。

「真緒、大丈夫かしら。独りにしてよかったのかしらね」

「そうだな」

「私、しばらく会社を休むわ」

「なんだよいきなり」

翼は歩いていた足を止めた。

「会社休んで犯人探しでもしようってのか」

「そうよ。だってこのままじゃ落ちついて仕事なんてできない。家にも帰れないのよ。それに真緒だってこのままじゃ……」

奈津子は感情的になって、いつの間にか泣いていた。

「だってこのままじゃ、真緒の旦那が犯人にされちゃうかもしれないじゃない」

翼は、ワアワアと泣きじゃくる奈津子をそっと抱き締めた。

「分かった。頑固だからなお前も」

「真緒に負けてない？」

「ああ、それ以上だ」

# 二

翌日、奈津子は朝一番で会社に行くと、課長のデスクに一週間の休暇届けを提出した。そして、他の人が来ないうちに会社を出ようとした。ところが、途中で土田ゆかりに会ってしまった。

「おはようございます」

「おはよう」

奈津子はバイバイと手を振った。翼はいつもどおりに出社した。奈津子は翼のアパートへ戻ると、今までのことを紙に書いて整理した。

七月某日、金曜日、六時半頃会社を出て、新宿の居酒屋に着いたのが七時十分頃。最初に中森さんを見たのが七時五十分頃として、八時四十分頃店を出て、それから車を拾って、二度目に中森さんを見たのは九時頃。彼の死亡推定時刻が十一時から翌朝二時までの間だから、もし十一時に殺されたとしても、九時から十一時までの間何をしていたんだろう。中森は誰かを待っていたのではないだろうか。誰を？

翌日の土曜日、朝四時頃新聞配達の人に発見される。解剖の結果、胃の中には相当量のアルコールと食べ物が検出されている。てことはやっぱり誰か他にもいたんだわ。きっと誰かを待っていたに違いない。最初に彼を見た時は、彼は確か何かを持っていた。手は、えっと、煙草を吸っていて、そうだ、右手で煙草をくわえて、左手は、何か持っていた。

何か四角い物。鞄のような、セカンドバッグだ。でもあとで彼を見た時は何も持ってはいなかった。遺留品の中にもそんな物はなかった。どこへいったんだろう。おそらく誰かが持っていったに違いない。あるいは中森の意思で誰かに渡したかだ。いったいバッグには何が入っていたのだろう

奈津子は紙に書きながら、一人で喋っていた。

同日午後三時、永井良介と真緒のマンションで会う。三時四十五分頃そこを出て、八ヶ岳のロッジへ向かう。途中一回休んでロッジに着いたのが七時少し前。食事をして、ワインを飲んで具合が悪くなって、気がついたら朝になっていた。

その翌日の日曜日早朝、八木沢光が重要参考人として警察に連行される。そして、私は午前七時のニュースで殺人事件を知る。これは永井良介の方の事件だ。良介もその日の午後、警察に連行されている。奈津子はその日の新聞を探し、事件の記事を読

んだ。

「山家？　この人はまったく知らない人だ」

だがしかし、そんな偶然があるだろうか。そもそも二つの事件は関係があるのだろうか。もしあるとすれば、両方の事件に関係するのは……。奈津子は考えた。

奈津子は今まで自分が書いた紙をもう一度眺めた。そして、ハッとした。

「そうだ、真緒だ。唯一両方の事件に関わっている人物といえば、真緒しかいない」

奈津子は、なぜあの日に事件が重なったのか。そして、永井良介という男。どこか謎があるような気がしてならない。

「だって、あんなにいい男、周りがほっとくはずがない。それがよりにもよって、私に一目惚れだなんてどう考えても変だ」

奈津子はまず、手帳から留守番電話に入っていた真紀子の電話番号を探し、電話をかけた。あいにく真紀子は出かけていて留守のようだ。奈津子はフーッとため息を漏らした。出鼻を挫かれた感じだ。それでも気持ちを入れ換えて、今度は永井良介の身辺から調べようと考えた。

そうだ、写真。真緒の結婚式の時の写真。翼も持っているはずだ。奈津子はベッドの脇にあるキャビネットを開けてアルバムを探した。

「あいつ結構几帳面に整理しているんだ」

奈津子はアルバムの間に挟んであった一通の手紙を見つけた。

「林真緒」

差出人を見るとそう書いてあった。林というのは真緒の旧姓だ。奈津子はひどく罪悪感を感じた。見てはならない物を見てしまったような気がしていた。ちょうどそこへピンポーンと玄関のチャイムが鳴ったので、驚いた奈津子は、慌てて手紙とアルバムを元の位置に戻した。

「翼?　は、早かったじゃない」

「どうしたんだ。慌てて」

「えっ、別に慌ててないけど」

「そうか、ならいいけど。それにしても今日は暑いなあ。なんでクーラー入れないんだ。こんなに暑いんだから遠慮しないで入れろよ」

翼は自分でクーラーのスイッチを入れて、窓を全部締め切り、一番風の当たるところでしばらく涼んだ。

「で、何か分かった?」

翼は奈津子が書いた紙に目を通した。奈津子の方は、さっき見た真緒の手紙が気になってしょうがない。

「ふうん。セカンドバッグか。堀井の奴なんにも言ってなかったな。それから、何？　キーワードは真緒？　ふうん、なるほど」

と、翼はえらく感心していた。

「ねえ、翼」

奈津子は疑問に思ったことはなんでも訊いてみる主義である。

「なんだあ」

「うん」

でも言い出せない。

「なんだよ」

「やっぱりいい。なんでもない」

「変な奴だな。気持ち悪いじゃないか。はっきり言えよ」

「よく見ると翼もいい男だなと思って、ハハッ」

奈津子はなんとか誤魔化した。

「お前、何か悪いもんでも食ったんじゃないのか」

「うん。そうかも。ここんところいろんなことがあって、なんか変なんだ私」

「心配すんな。お前は前から変だった」

「何よ」

と、奈津子が翼の頭を小突いて一件落着となった。奈津子は本当は、真緒と翼の関係を知りたいような知りたくないような複雑な気持ちでいた。


「私、翼のことが好き」

奈津子が岩田部長とまだ関係を続けている時、真緒が奈津子に打ち明けた。

「そう、あいついい奴だし、いいんじゃない」

奈津子は気軽にそんなことを言った。

「ホント？　奈津子もそう思う？」

「うん。翼にはもう告白したの？」

「ううん、まだ。奈津子、一生のお願い。翼に誰か好きな人がいないか訊いてきて」

「嫌よ」

真緒に押し切られ、奈津子は仕方なく翼に会うことになった。

「翼、ちょっと聞きたいことがあるんだけど」

「何？」

「翼って、誰か好きな人いるの？」

翼は奈津子に惚れていたから返事に困った。そして、真緒もそれに気づいていて、わざと奈津子に頼んだのだ。鈍感なのは奈津子だけだった。奈津子は一つのことしか考えられない性格なのだ。

「いるよ」

翼は、簡単に答えた。

「え、そう。いるの。ねえ、それってもしかして真緒のこと？」

翼は少しムッとした顔で、

「全然大外れ。残念でした」

それでも翼は真緒と何ヵ月かは付き合った。翼には、奈津子に対する腹いせのつもりもあった。奈津子が岩田と別れてすぐ、翼も真緒と別れた。


「奈津子、奈津子」

「あ、ごめん」

「何、ボーッとしてんだよ」

「ごめん。ちょっと考え事してた」

「何考えてたの？　何かまた新しい事実でもあった？」

翼は冷蔵庫からよく冷えたビールを二本持ってくると、奈津子に一本勧め、もう一本を旨そうに飲んだ。

「ウー、旨い。夏はビールに限るね」

翼は三五〇ミリリットルの缶を一気に飲み干した。

「奈津子は飲まないの？」

呆れて見ている奈津子に言った。

「止めておくわ」

「旨いのにな」

と言いながら、またそのビールを冷蔵庫にしまった。

「今度はあなたの知っていること、ここに書いて」

奈津子は紙とエンピツを渡した。

「僕が堀井に聞いた話によると」

翼は言いにくそうに外を見上げた。

「中森を殺した犯人は八木沢光にほぼ間違いないそうだ」

「う、そ。嘘でしょ。だって、動機は、動機がないじゃない。中森さんと八木沢さんのどこに接点があったっていうの」

奈津子は真剣な目で翼を睨んだ。その目からうっすらと涙が滲んでいた。

「でも、事実なんだ。証人もいる。物的証拠もある。それら全てが彼を犯人と示している」

翼もまた奈津子を見詰めた。

「真犯人を見つけるわ」

「危険だ。お前の命だって狙われているんだぞ」

「止めても無駄よ。そのために今日休暇届けを出してきたんだもの」

「誰が止めた？」

「止めないの？」

「止めても無駄だろ？」

翼は奈津子の性格をよく分かっていた。

「僕も一緒に行く」

翼は言い切った。

「駄目よ。危険なのよ。分かってるの？」

「そのために今日休暇届け、出してきた」

「会社クビになるかもしれないのよ」

「お互い様だろ。お前一人危険な目に合わせるわけにはいかないだろ。止めても無駄だよ」

「誰が止めると言った？」

二人は顔を見合わせた。

「ありがとう。あなたが一緒にいてくれたら百人力よ」

二人は再び奈津子の書いた紙を前にして座った。

「僕も八木沢さん犯人説に疑問を持ってる」

奈津子は翼の話に聞き入った。

「証人、証拠が揃いすぎてると思わないか？　事件が起きて何日もしないうちに証人が現れ、凶器が発見され、おまけに指紋までバッチリ付いているなんておかしいよ」

奈津子も頷きながら聞いた。そして、翼を実に頼もしいと感じていた。

「この間の中森の通夜のこと覚えているか？」

「ええ」

「彼の奥さん、なぜあんなに真緒のこと罵ったんだろう？」

「それは、八木沢さんが犯人だと思っているから。真緒は彼の奥さんだもの」

「なんですぐ真緒だと分かったんだ？　近くに会社の人がいて教えていれば別だけど、あの時は彼女と彼女のお母さんと、そして赤ん坊だけしかいなかった。あとはみんな外のテントにいたんだぜ」

奈津子もそう言われてみればそうだと思った。

「写真とか見て知っていたんじゃない？」

「真緒と中森はもう何年も会っていなかったんだぞ。髪形も変わっているし、そんなすぐに彼女だと分かるはずがない」

「うん、そうよね」

奈津子は関心しながら聞いた。

「実は、中森には一億円近い保険金が掛けられていたらしいんだ」

「堀井さんからの情報？」

「いや、ゆかりが通夜の時に仕入れてきた情報だが、堀井に確認したから間違いない」

奈津子は翼とゆかりがどういう関係なのか気になったが、口に出して訊くことはしなかった。

「保険金はもう支払われたの？」

「いや、調査中だそうだ」

「あの奥さん、すっごく怪しいわね。私、明日福岡に行って奥さんのこと調べてくる」

翼は時計を見た。

「行こう」

「どこへ？」

「六時半に堀井と酒飲むことになってるんだ」

場所は奈津子が中森を見たというあの居酒屋だ。

六時二十五分。堀井はまだ来ていない。

「ビール生」

「二つ」

奈津子が付け加えた。

「あんまり飲まないでよね。連れて帰るの大変なんだから」

「酔っぱらったら、あとよろしく」

「うん分かった。置いていく」

「薄情な奴だな。同棲中の仲だろ」

「へ、変なこと言わないでよ」

奈津子の声が急に小さくなる。

「同棲なんかしてません。ちょっと居候しているだけです」

「同じだろ」

「同じじゃないわ。同棲っていうのは愛し合っている二人が一緒に暮らすことで……」

奈津子は急に何か思い出したらしく言葉を切った。

「明日、福岡には翼が行って」

翼は急に真顔になった奈津子を不思議そうに見た。

「私は明日他に行くところがあるから」

それから間もなく堀井は現れた。


翌朝、翼は一番の飛行機で福岡に向かい、奈津子は分厚い電話帳を引っ張り出した。

昨日翼が言っていた同棲という言葉から、奈津子はあることを連想したのだ。

(結婚相談所)

真緒はたぶんそこで光と出会った。ずっと昔、中森がお見合いパーティの話をしていたことを思い出した。それは結婚相談所で行うお見合いパーティのことだったのだ。

「確かなんていったかなあ」

奈津子は電話帳のその欄を捲った。一度中森に聞いたことがあったのだ。

「あった！　これだわ」

奈津子は住所を調べ、紙に控えた。


その頃、翼は羽田から福岡空港に向かう上空にいた。朝が早かったため眠くて仕方がない。翼はその眠い目を擦りながら、胸のポケットから手帳を取り出した。昨日、堀井から聞いた話をまとめてある。翼はそれを眺めながら福岡空港へ着いてからの行動をチエックした。外は美しい青空だ。

福岡空港に着いた翼は、その足で会社の福岡支社へ行き、何人かの友人知人に中森の会社での様子や、何か気づいたことがなかったか聞き回った。

「あら、大沢さん。久しぶりね」

以前一緒に仕事をしていた田口優子という女だ。

「元気にしてた？」

「ああ」

「今日は出張？」

「まあ、そんなとこ」

翼は適当に答えた。

「それよりさあ、中森のことなんだけど」

「中森さんお気の毒だったわよね。でももう犯人捕まったんでしょ」

「ああ、まあ。でも真犯人は他にいるような気がしてね」

「なあに、探偵の真似でもしようっていうの？」

優子は興味津々だ。優子は翼より一年先輩で、もともと福岡出身の彼女は、自分から福岡勤務を申し出たのだ。したがって彼女は本社には三年しかおらず、その後はずっとここ福岡支社勤務である。中森のことはこの女に訊けばなんでも分かるというわけだ。翼は優子から、中森の会社での様子や、その他何か気がついたことをなんでも聞かせてほしいと頼んだ。仕事が終わったらまた会おうと約束をして、翼は優子が調べてくれた中森の自宅の近所で訊き込みをした。


「私、初めてなんですけど」

「さあどうぞこちらへ」

奈津子はまず受付に通された。

「これに必要事項を記入していただけますか」

受付の女性はとてもにっこりと微笑んで物腰も柔らかだ。

（ここへ来る男どもはみんなこれで騙されちゃうのね）

と思った。

奈津子は、名前、住所、年齢、携帯電話の番号、メールアドレス、出身地などを書いた。お見合いパーティの詳細はメールで知らせてくるというのだ。

奈津子は胸がドキドキした。

「何か身分を証明する物はありますか？」

「えっと」

「免許証か何か。お持ちではありませんか？」

「はい。持っています」

奈津子は免許証を見せた。奈津子のカルテが作成され、コンピューターに登録された。

「お好きなタイプとか、できるだけ詳しく書いて下さいね。それからご自分のことも。その方がお相手を探しやすいですから」

そして、奈津子はビデオに向かって話しかけ、写真を撮られた。

「明後日、こちらで催すパーティがあります。ぜひご参加下さい」

その後もシステムやらなんやら、こと細かに聞いた。受付の女性は奈津子があまり

熱心に聞くので、真剣に結婚したいのだと勘違いしたようで、帰る時には、

「頑張って下さい。素敵な方がたくさんおられます。あなたのような方ならすぐにお相手が見つかりますよ」

と励ましてくれた。


夕方七時に待ち合わせをした翼は、空港にほど近いホテルのバーで優子を待った。

「ごめん。待った？」

「いや」

優子は会社で中森の話をいろいろ聞いてきてくれた。

まず第一に、中森は、社内ではあまり人気がなかったこと。

「彼をよく言う人はほとんどいないわ。でもね、みんな口を揃えて言うのよ。こっちへ来たばかりの時はそうじゃなかったって」

優子はすでに二杯目の水割りを飲んでいる。

「つまり、ここ何年かで人が変わったみたいに無愛想になって、人づき合いも悪くなったって言うのよね」

「具体的に何年くらい前からなんだろう」

「たぶん二年くらい前だと思う。これは私の勘なんだけど、二年前に岩田部長が出張で来た時があったのよね。それからじゃないかって気がするんだけど」

「なんの用事で来たんだろう」

翼は首を傾げた。

「さあ、でもそのあと何回か岩田部長から電話があって、そのあと中森さん、何日か会社を休んだの。それからだもの。中森さん不機嫌になって、なんか怖いって感じで。だんだんみんなが彼を避けるようになって、社内では孤立していたと思う」

優子は残っていた水割りを飲み干した。

「もうよした方がいいぞ」

「待ってよ。もう少し付き合ってよ」

立ち上がろうとする翼を優子が止めた。

「もう行かなきゃ。飛行機に乗り遅れるよ」

「いいじゃない。乗り遅れたら泊めてあげるわよ」

「ありがたいけど、また今度にするよ」

「やっぱりあの噂、本当だったんだあ」

行こうとする翼が振り返った。

「翼が奈津子のこと好きで誰が迫っても相手にされないって。でもねえ、奈津子にいくら惚れても無駄よ。奈津子は今でも岩田部長と不倫してんのよ」

夕方から降り始めた雨は少しずつ勢いを増した。フー、翼はため息をついた。飛行機は福岡の上空を飛び立った。翼はそっと目を閉じた。朝が早かった分の睡眠不足を補おうというものだ。眠っている間に、飛行機は羽田に着いた。翼がアパートに着いたのは十一時をだいぶ過ぎてからだった。

「お帰りなさい」

奈津子は玄関で翼を出迎えた。

「雨、すごかったでしょ」

そうでもないと言いながら、翼はこんな感じも悪くないと思っていた。

「そう。でも今すごい雨よ。警報が出ているわ」

「そうか」

と言いながら、翼は上着を脱いだ。

「お、すげえ」

ダイニングテーブル（といってもこたつだが）を見た翼は歓声を上げた。

「これ、みんなお前が作ったのか？」

テーブルにはところ狭しとご馳走が並んでいた。

「そうよ」

奈津子は世話になっている翼に対して、いつも心苦しく思っていた。

「旨い」

「ホント?」

奈津子は飛行機の時間などを考えて作ったから、料理はどれも食べ頃だった。

「やればできるじゃない」

「うん」

奈津子は翼が喜んでくれたことが何より嬉しかった。

「お疲れ様」

グラスにビールを注ぎ労をねぎらった。実は奈津子はご飯を炊いたこともなかったのだ。台所の奥に分厚い料理の本が隠してあることは、翼には言わないでおいた。

「それで、何か収穫あった?」

「ああ、いろいろ」

翼は一生懸命食べて飲んだ。

「そういえばさっき、羽田で永井さんらしき人を見たよ」

「え、そう。おかしいわね」

「どうして」

「だって、彼はオーストラリアに行っているはずだもの」

「もう帰ってきたんじゃないのか」

「そうかも」

翼もまた、真緒の結婚式で永井良介には会っていた。

「それよりも」

翼はもっと奈津子の興味を引くことに話題を逸らした。

「中森のことだけど」

「うん」

奈津子はビールを飲む手を止めた。

「中森の社宅の近所の人は、とっても仲のいい夫婦だったと言っている。よく二人で買い物に行ったり、食事に行ったり、時には二人で飲みに行ったりしていたらしい。会社での中森とは大違いだ」

奈津子は少し黙って考えた。

「でも中森さん、東京にいた時はそんな感じだったわ。福岡支社では栄転だったから、張り切りすぎて浮いてただけなのかもね」

「犯人は会社内部の人なのかしら」

「さあ」

「でも、半年くらい前に本社に顔を出した時には、別に何も感じなかったけど」

「会議の時か？」

「ええ」

「あのあと専務に呼ばれていたな」

「専務室から出てきた時、不機嫌だったわ」

「退社後に一緒に飲みに行こうって言ったのに断られたしな」

「うん」

奈津子はやかんから急須に直接お湯を入れ、二つあるマグカップにお茶を注いだ。

「あっちぃ！」

急須からマグカップに注ぐ時に、誤って翼の手にお茶がかかった。

「人にお茶かけておいて〝あっちぃ〟はないだろ」

「あ、そっか。ごめん。つい熱いような気がして。大丈夫？　火傷しなかった？」

翼は今日の奈津子をとても可愛いと思った。

そして、「大丈夫だよ」と笑った。それでも奈津子は布巾を絞って、赤くなっている翼の手を冷やした。

「お前は昔からそそっかしくて、慌て者だったからな」

翼の頭に、入社してからの奈津子の失敗の数々が思い浮かぶ。

「真緒の爪の垢でも煎じて飲めって言いたいんでしょ」

(そういえばあの時も……)

と、翼は何かを思い出したらしく笑った。それを見ていた奈津子は、

「何、何か付いてる?」

食器棚のガラスの引き戸に顔を映して見る。


入社したばかりの頃から、奈津子と真緒は妙に気が合って、よく一緒に食事に行ったり、休みの日にはショッピングや映画にも出かけた。大雑把でおっちょこちょいだが、テキパキと仕事をこなす奈津子とは対照的に、おっとりとしていて何事もきちんとしていなければ気が済まない几帳面な真緒。背丈はそうたいして違いはないものの、見るからにしなやかで女らしい真緒と、体育会系の奈津子。その年の女子新入社員は美人揃いと評判で、中でも、嫁さんにするなら、やっぱ真緒みたいなのがいいよなと、

入社当初もっぱらの噂だった。

「なあ」

翼は腹も満たされ、ほどよくビールも回っている。奈津子はまだガラスと睨めっこしていた。

「何やってんだよ」

「だって、翼が笑うから、顔に何か付いてんのかと思って見てたんじゃない」

奈津子は少しふくれ気味だ。

「違うよ。そうじゃないよ」

翼はまだ笑っている。奈津子は翼の笑顔をとても優しいと思った。

「ほら、初めての社員旅行で、北海道へ行った時のこと覚えてる？」

「え、ええ」

奈津子は慌ててゴクンとお茶を飲んだ。

「あの時……」

社員旅行では、新入社員は必ず隠し芸をやらされる。

「翼のモノ真似、超下手なの」

奈津子はクックックッと笑った。

「なんだよ。笑うことないだろ」

「そういえば中森さん、歌、上手だったね」

「あいつはカラオケとか入り浸ってたからな」

「へえ、そうなんだ」

二人の頭の中にその時の様子が浮かぶ。

「真緒も上手だったよね」

「ああ、演歌だったな」

「何か、心に沁みるっていうか……」

「お前だってまあまあだったぞ」

「ついでのように言わないでよ」

少し照れた。翼は手を伸ばして、食器棚の上にある木彫りのアイヌの人形を手に取った。

「あの時、一緒に買ったんだよな」

「うん。真緒ったら、みんなと同じ物は嫌だなんて、自分だけ大きな熊の置き物なんか買っちゃって」

「そうそう」

翼も相槌を打つ。

「買ったのはいいけど、重くて持って帰るのが大変だったわね」

「ああ。結局、中森と交替で持たされたっけな」

奈津子は翼の手から人形を受け取った。

「中森さん、まだ大事に持っていてくれてたのかしら」

「楽しい奴だったのにな」

しんみりと言った。

「ところでお前、今日何してたの?」

翼が急に思い出したように言う。

「ん?　ナイショ」

奈津子は意味深な笑みを浮かべた。

「なんだよ。また独りで何か企んでいるんじゃないだろうな。止めてくれよ。命がいくつあっても足りないよ」

「大丈夫」

「何が大丈夫なんだよ。大丈夫じゃないからここにいるんだろ」

「そんな迷惑そうに言わないでよ。迷惑なら迷惑だってそう言ってよ」

奈津子は急に食器を片づけ始め、翼がお茶を飲んでいた湯呑み茶碗も無理やり取って洗った。

「なんだよ。もう一杯飲みたかったのに」

翼はブツブツ文句を言う。

「だったら自分で入れて飲めば」

すっかりいつもの二人に戻っていた。

その時、ほとんど見ていなかったテレビのドラマが終わり、短いニュースが流れ始めた。

『八ヶ岳の山中で白骨化した女性の遺体が発見されました……』

どうやら、降り続いた雨で地盤が緩んでいたところを、たまたま犬を散歩させていた人が発見したらしい。


次の朝、奈津子は真緒のマンションに向かい、翼は中森と中森の妻のことを調べるためにそれぞれの生まれた町へ出かけた。中森もその妻も東京の下町生まれだ。

「こんにちは」

「さあ、どうぞ中へ入って。よく来てくれたわ」

「うん」

奈津子は靴を脱いで中へ入った。

「誰か来てるの?」

「誰もいないわよ」

変な人ねと、真緒はクスッと笑った。

「今日はゆっくりしていけるんでしょ。お昼でも食べていってよ」

「ありがとう。でもそんなにゆっくりもしていられないのよ」

「いいじゃない。たまには付き合ってよ。どうせ簡単な物しか作らないんだから」

奈津子は真緒から光のこと、永井のことなどを聞いた。永井のことはなるべく詳しく聞きたかったのだが、真緒も詳しくは知らないと意外と素っ気ない。

「永井さん、あなたに迷惑かけたこと本当にすまないって言ってたわよ。ぜひもう一度、会って直接詫びたいって」

「そう」

奈津子もまた素っ気なく返した。

「永井さんとはいつ会ったの?」

「え、ううん。この前電話で話しただけよ。まだオーストラリアに行っているんじゃない」

真緒は冷たいアイスコーヒーを入れてくれた。グラスの中の氷がカランと音を立てた。

「でも、翼が昨日羽田で見たらしいわよ」

「人違いじゃないの。入国したんなら、羽田じゃなくて成田のはずでしょ」

真緒はちょっと失礼と言って奥の部屋へ行った。その日は珍しく有線のＢＧＭが流れていた。有線はマンション全体が契約しているものだ。

「珍しいわね、クラシックなんて」

「最近はよく聞いているのよ。なんとなく気持ちが落ち着くから」

真緒はゆっくりと立ち上がりスパゲッティを茹で始めた。

「相変わらず綺麗にしているわね」

「そんなことないわよ」

奈津子はグルッとリビングを見渡した。

「熊の置き物はどこに飾ってあるの?」

奈津子は夕べ翼と話したことで、なんとなく気になった。

「熊の置き物って?」

「ほら、北海道でみんなで一緒に買ったやつ。この前までテレビの脇に飾ってあったじゃない」

「ああ、あれね」

ビー
ちょうどその時スパゲティの茹で時間を知らせるタイマーが鳴って、話はそれきりになってしまった。

「さあ、冷めないうちに食べて」

「美味しい」

真緒の作ったタラコスパゲティは本当に美味しくて、サラダも格別だった。

「よかった」

二人が楽しく食事をしていると、電話が鳴った。

「はい。あら永井さん。ちょうどあなたの噂をしてたのよ。奈津子もここにいるわ。替わりましょうか」

真緒は笑って奈津子の方を見ていた。

「え、はい。分かったわ。じゃ」

真緒は電話を切ると、

「ごめんなさい。急に出かけなければならなくなったわ」

と言った。

「今度ぜひ、私も会いたいって伝えといて」

奈津子は急いで食事を平らげると、真緒のマンションをあとにした。

朝は曇っていた空からはポツポツと雨が降りていて、傘を持たずに来てしまった奈津子の身体を濡らした。時計はまだ一時だった。

次の日の夕方、奈津子はなるべく可愛く見えるような恰好でパーティに臨んだ。パーティ会場は都内のホテルの一室を借り切ってのものだった。夜七時、パーティは始まった。

「初めまして」

会場は挨拶や話し声でザワザワとしている。

「初めまして」

趣味は？　僕は月収はいくらで職業はなんでと、頭の中が回っているようだ。奈津子はそのたびに愛想笑いを振りまいた。目当ての人はなかなか現れない。あらかじめコンピューターで調べておいたのだ。もちろん結婚相手を探すためではない。七時からおよそ三時間、そのパーティは続いた。その後は適当に相手を見つけて、それぞれに帰っていく。パーティが始まって間もなく、二人で姿を消したカップルもいたようだ。

「もうこのパーティは何回くらい出席されているんですか？」

「うーんそうだな。全部合わせたら三十四、五回は出ているかな。二カ月に一回大きな物があるけど、今日みたいなのはほとんど毎日やってるからね」

「それでも見つからないんですか？」

ハハハと彼は笑った。もう登録して二年になるという男である。

「僕の場合はサクラだからね」

タツヤと呼ばれていた彼は、客集めのために雇われているらしかった。

「他の人には秘密だよ」

「じゃあ、この人知ってる？」

奈津子はバッグから写真を取り出して見せた。


「お前何やってんだこんな時間に？」

「見て分かんない？　洗濯よ」

奈津子はシャワーを浴びて、洗い髪を後ろでまとめてバレッタで留めていた。

「そりゃあ見れば分かるよ。なんで洗濯なんかしてんのか訊いてるんだ。それも俺の

Tシャツなんか着て」

奈津子は翼のTシャツを無断で着て、これまた翼の短パンを無断で履いて、洗濯機と格闘していた。

「俺って言っちゃいけないって入社の時に課長に言われたでしょ。ちょっと邪魔だからどいて」

奈津子は洗濯の終わった物から順に物干しに吊した。さすがに自分の下着は見えないようにタオルで囲う。

「ごめん、無断で借りちゃった。だって全部洗濯したから着る物がなかったんだもん。翼って痩せてるようでウエストとか結構あるんだね。だって、この短パンめいっぱい紐を引っ張らないと下に落っこちちゃうんだもん」

「奈津子はがっしりしているようで意外と華奢なんだな」

「あとは翼の洗濯物ばかりだから自分で干してね」

奈津子はプイッと怒って部屋へ入っていった。

「翼、翼!　ちょ、ちょっと来て」

突然、奈津子が血相を変えてベランダの翼の元へ走ってきた。

「どうしたんだ」

奈津子は翼をテレビの前に連れていった。

『殺害されたのは、その部屋に住む八木沢真緒さん、二十五歳……。次のニュースです。今日、小田切総理は……』

テレビ画面には、総理大臣小田切孝次郎の顔がアップで映し出されている。

奈津子は身体中の力が抜けていくのを感じた。

「嘘、嘘よね。どうして？　だって昨日会ったばかりなのよ。そんなことってある？」

「まだ真緒だと決まったわけじゃない。確かめなきゃ。そうだろ。堀井に電話してみよう」

翼は堀井の携帯電話に電話をしたが繋がらない。

「きっと、忙しいんだ」

「警察に行ってくる」

奈津子は翼の手を振り切って出かけようとした。

「その恰好で行くつもり？」

「そうだった。全部洗っちゃったんだ」

「今日のところは僕が独りで行ってくる。君は家で待っていて」

奈津子は仕方なくその言葉に従った。

奈津子はイライラしながらジッと翼の帰りを待った。もうすでに二時間が経過していた。

その頃、堀井は現場となった真緒のマンションにいた。鑑識が部屋を調べている間、不審な人物を見た者はいないか、近所の人に訊き回っていた。

「そうですか、昨日若い女の人が」

堀井はその人物の特徴などをこと細かに手帳に書いている。

「いつ頃ですか。その女性を見たのは」

「一時少し前だったと思うわ」

近所の主婦はそう証言した。また別の主婦は、

「私は入っていくところを見ました。十時少し過ぎていたと思います」

「そうそう、私も見たわ。確かあの人、前にも何度か来たことがありました。何の恨みがあったのか知らないけど、殺すなんてひどい女ね」

「ホントよね」

「八木沢さんとこのご主人も殺人の容疑で拘留中なんでしょ。もしかしたら、それもあの女が犯人なんじゃないの」

集まってきた主婦のほとんどは、そう言いながら帰っていった。

「まだその女性が犯人と決まったわけじゃありませんから」

堀井の話など誰も聞いていない。それにしても、奈津子はもうすっかり殺人犯にされてしまっていた。そうとも知らない奈津子は、今洗ったばかりの洋服にアイロンをかけて、少しでも早く乾かそうと涙ぐましい努力をしていた。

その頃、翼は、警察で何か話を聞き出そうと必死だったが、外部には漏らせないと、なかなか重要な話を聞かせてもらえない。そこで翼は堀井を探し堀井からナイショで話を聞き出すことに成功した。


「どうだった？」

翼が帰るなり奈津子は聞いた。

真緒の部屋で殺人事件が起こったこと。真緒は鈍器のような物で頭を殴られ、身体中何箇所もの刺し傷があったということを告げた。

「顔も潰されていたらしい」

翼は苦しそうに言って、さらに続けた。

「よほどの恨みでもあったのかな」

翼はベッドに腰かけて俯いた。

「指輪が決め手になったそうだ。それに歯の治療の跡も一致したらしい」

奈津子の目から無意識のうちに涙が頬を伝って落ちる。

「真緒」

翼の頭の中では真緒に対してのさまざまな思いが込みあげてくる。泣いている真緒、笑っている真緒、そして……。翼の脳裏にヒザをかかえて淋しそうにしゃがんでいる小さな女の子が浮かぶ。

「真緒……」

奈津子も呟いて翼の隣に座った。

翼が両方の手で顔を覆う。翼は声を殺して泣いていた。翼の頭の中でいろんな思いが交錯しているのが分かる。奈津子はそんな翼を見ていられなくて、両方の腕で翼の身体を包み込むようにして抱き締めた。そして一緒に泣いた。

どれくらいの時間そうしていたのだろう。翼は涙を拭うと奈津子の身体を起こして言った。

「お前ひどい顔だぞ」

「翼だって涙でグチャグチャよ」

こんな時でさえ、奈津子の負けず嫌いが頭を擡《もた》げる。フフフッ。先に笑ったのは奈津子だった。今まで一度だって涙なんか見せたことのなかった翼が、声を上げて泣いていた。奈津子はそんな翼に胸が詰まる。翼の涙が奈津子の心にまで流れてきたような気がした。

「奈津子」

翼はその大きな手の甲で奈津子の涙を拭い、奈津子はその細い指で翼の涙を拭った。

「真緒、今頃きっと怒ってるよ」

「こら、イチャイチャするなってか?」

翼は笑いながら言った。

「ううん。真緒のことだからきっと、いつものあのおっとりとした言い方で、『なつこお、翼とベタベタしないでよう』かな?」

そしてまた二人で笑った。

「みんなで遊園地に行ったことあったよね」

奈津子がおもむろに言った。

「ああ。お前らには驚いたよ」

奈津子、真緒、そして翼と中森の四人で、日本で一番怖いと言われているジェットコースターに乗った時のことだ。

「ホントにこれ乗るつもり？」

中森は恐る恐る訊いた。

「もちろんよ」

奈津子が言ったのなら納得がいく。しかし奈津子よりも先に言ったのは真緒だった。あのおとなしくて、おっとりした真緒の意外な一面を見たのだった。しかも、「もう一度乗ろうよ」と真緒が言った。

「うん乗ろう。今度は一番前がいい」

奈津子も言った。

「お前ら、気は確かか」

と中森が言うと、

「俺、吐きそう」

と翼が続けた。

「だらしないなあ。二人で乗ろう」

うん。行こう、行こう。奈津子と真緒はその後二回も並んだ。それも最後は一番前で二人ともキャアキャア言いながら、バンザイをして乗っていた。

「あいつら、頭の中どうなってんだ？」

中森は呆れて言ったが、その頃翼はベンチで伸びていた。

「そんなこともあったたな」

翼が懐かしそうに言う。

「また行きたいな」

奈津子の言葉に、一瞬の間を置いて、

「今度は動物園にしよう」

翼が言った。

それからしばらくして翼の携帯電話が鳴った。

「もしもし、はい。堀井？　何度も電話したんだ」

「奈津子さんはそこにいるか？」

「ああ、いるよ。あの事件のこと？」

「替わって」

奈津子は翼から電話機を受け取ると、空いているもう一方の手で涙を拭った。

「はい、奈津子です」

「昨日、八木沢真緒のマンションに行かれましたか？」

「はい。行きました」

その後、二言三言話すと、奈津子は電話機を翼に返した。電話はすでに切られていた。

「これから警察に行ってくるわ」

「明日でもいいんじゃないのか」

「行ってくる。話を聞きたいって。重要参考人だって」

「服はどうするんだ?」

「大丈夫。アイロンで乾かしたから。着替えるね」

奈津子は洗面所で、今アイロンをかけたばかりの服に着替えた。少し冷んやりとしていた。階段をドヤドヤと上がってくる足音がして、やがて数人の男達が奈津子を連れていった。覆面パトカーでサイレンを鳴らしてこなかったのは、堀井の好意だと奈津子は受け取り、任意同行に素直に従った。

「橘奈津子、二十五歳。出身地は?」

事情聴衆は堀井が行った。

「まあそんなに固くならないで」

堀井はお茶を出してくれた。

「あのう、今日は帰れないんでしょうか？」

奈津子は恐る恐る聞いた。

「なるべく帰したいと思っている。君が協力的だったらの話だけどね」

堀井の目は笑っていた。奈津子は堀井を優しい人なんだと思った。

「マンションには行きました。前日の午前十時を少し回った頃だったと思います」

奈津子は聞かれたことには正直に答えた。部屋を出る時、翼に言われたのだ。

「なんでも正直に話してこい。聞かれたことだけな」

つまり、余計なことは喋るなということだ。

「昼頃、真緒がスパゲティを茹でてくれて、二人でタラコスパゲティを食べました。それと生野菜のサラダ」

「それはいつ頃？」

「たぶん十二時二十分頃に食べ始めて……あ、そうだ。食べている途中に電話がきたわ」

「相手は誰だか分かる？」

堀井は手帳を広げていた。奈津子はそれを横目でそっと覗いた。

「永井さんだと思います。永井良介さん。真緒がそう言っていたから。これから会うと言っていたわ」

「でも、部屋から一歩も出てはいない。君が行った時、他に誰かいたような形跡はなかった？」

「いなかったと思う。真緒がそう言っていたから」

奈津子は少し考えてから答えた。

「君が帰ってからすぐ殺されたことになる。もちろん君が殺していなければのことだけど……」

「当たり前でしょ」

奈津子は立ち上がって怒った。

「まあまあ、落ちついて」

堀井はもう一度奈津子を椅子にかけさせた。

「何か他に気づいたことはありませんか？」

奈津子は首を横に振った。

「部屋の中は、君が行った時もクーラーはかかっていた？」

「ええ、涼しくしてありました」

部屋は締め切りの状態で冷房が断続的にかかっていた。そのため死亡推定時刻を割り出しづらくなっていたのだ。しかし、胃の中の物がほとんど消化されていない状態であったため、食後すぐに殺されたものと考えられた。奈津子の証言で、死亡推定時刻も割り出しやすくなった。

「帰っていいよ」

堀井に言われるまでの時間がとても長く感じられた。

「あのう真緒に会えますか？」

「今日は無理だが、明日になれば。……でも会わない方がいいと思うよ。耐えられないだろう」

奈津子は軽く頭を下げて帰ろうとした。

「送っていくよ。こんな時間に独りで帰したりしたら、大沢になんて言われるか分からないからね」

堀井は自分の車に奈津子を乗せた。

「腹、減らないか」

堀井は運転しながら尋ねた。

「そういえば、少し」

「何かご馳走しよう」

「いいんですか？　私と食べているところ見られたらまずいんじゃありません？」

「かまわないよ。君は重要参考人だが、被疑者じゃない。何より僕の友人の恋人だ」

「恋人じゃありません」

奈津子は強く否定した。

「でも、好きなんだろ？」

「嫌いじゃないけど、よく分からないわ」

「大沢はいい奴だ」

「ええ、それは分かっています。でも」

「でも？」

奈津子はそっと首を振った。

「それより、堀井さんはまだ独身なんでしょ」

堀井は、ただ奈津子を見てにっこりと笑うだけだった。でもその笑顔がどことなく寂しげに見えた。

夕食は近くのファーストフードのハンバーガーを買ってきて車の中で食べた。時間が遅いためスナックか飲み屋しか開いていなかったのだ。

「なぜ、堀井さんは刑事さんになったのですか？」

「うーん、なぜかな」

堀井はそれには答えずただそっと笑った。

「じゃ、なぜ結婚しないの？」

「僕は尋問されているのかな？」

正面を向いていた堀井が奈津子の方に向き直った。ピッカピカに磨き上げられた縁なし眼鏡を通して見る堀井は、彫りが深く、二重のくっきりと開いた目は、奈津子とは住む世界が違うことを告げているかのようだった。

「はい。どうして？」

気になることはそのままにしておけない、好奇心旺盛な奈津子の性格が顔を出す。しかし堀井は曖昧な笑いで誤魔化し、車に置いてあった煙草を探し火を点けた。

「まさか女性に興味ないとか？」

奈津子は堀井の顔を覗き込むように言った。堀井は窓を開け煙を外に吐いた。

「そんなことはないよ」

堀井は笑いながら答えた。

「でもそんなこと訊いてどうするの？」

「どうもしないけど……でも、あなたのような男性はどういう人を好きになって、どんな恋愛をするのか興味あるわ」

奈津子は堀井に対して、今まで自分が出会ったことのない洗練されたエリートの、そして大人の匂いを感じていた。それは奈津子にとってとても興味のある存在だということだ。

「僕も人並みに恋愛もしたし、失恋もしたよ」

「へえー、初恋の人ってどんな人だったの？」

「とても美しくて優しくて……」

堀井の頭の中にその人の姿が浮かんでいるのが分かる。

「ふうん。きっとあなたのお母さんのような人だったのね」

奈津子は思ったままを口にした。

「母は僕が小さい時に亡くなったんだ」

「ごめんなさい。私、知らなくて」

「いや、いいんだ。それより君は？」

今度は堀井の方が訊く側に回った。

「私の人生なんて平々凡々で全然つまんないわ」

「何より。それが一番だよ」

奈津子は堀井の言ったその言葉が、あとになってつくづくそうだなと分かるのだ。しかし、幸せな時には自分が幸せだなどということは気づかないものだ。

「大沢とは結婚しないのか?」

堀井は煙草の火を消した。

「さあ、分からないわ」

「あいつのこと大事にしてやってくれ」

「十分大事にしているつもりよ」

奈津子は軽く言ったが、堀井の目は笑っていない。

奈津子と堀井との間に短い沈黙があった。

「実は……」

奈津子はさっき言いそびれたことがあったのを思い出した。

「実は、真緒の部屋に入った時、誰かいるような気がしたんです。私の気のせいだと思っていたんですけど、今思うと本当にいたんじゃないかと」

堀井はコーラを飲みながら黙って聞いていた。

「それが永井ではないかと?」

「分かりません。ただ、あの日は有線が流れていたりして、もしかしたらあれは私に物音を聞かれないためにわざとかけていたんではないかと。でも、電話がかかってきたし」

「電話なんかなんとでもなるさ。彼女は携帯電話を持っていた？」

「いいえ、持っていなかったと思います」

「ご主人は？」

「さあ」

奈津子は首を傾げた。

「もし、携帯電話を持っていたんなら、自分でもかけることは可能なわけだ」

「電話の相手だって、真緒が永井さんと言うのを聞いただけで、本当に永井さんかどうかは分からないもの」

奈津子もストローに口をつけてコーラを飲んだ。

「永井さんは今どこに？」

奈津子はずっと気になっていたことを訊いた。堀井は首を横に振り答えた。

「行方不明なんだ。どこか心当たりはない？」

奈津子も首を横に振った。堀井は最後に残ったコーラを飲み干すと、車のエンジンをかけた。

「大沢が心配しているだろう。帰ろう」

次の日の朝、奈津子は翼と一緒に真緒の遺体確認に行った。遺体はすでに真緒の夫、拘留中の光が確認していた。それでも奈津子は自分で確認しないと納得できない。そこで嫌がる翼を伴ったのだ。真緒は遺体解剖が済んで、霊安室に安置されていた。係の人が「見ない方がいいですよ」と言うのも聞かず、翼の手を引っ張った。覚悟はしていたが、真緒の顔の損傷は思った以上にひどく奈津子は気を失った。

「もう何がなんだか分からない。だって、一昨日会って一緒にスパゲティを食べたのよ。それなのにどうして、どうして、あんなひどい姿になって……」

奈津子の声は嗚咽で言葉にならない。ひどく取り乱していて、自分でも何を言っているのかさえ分からないのだろう。奈津子は周りを気にすることもなく泣きわめいた。通りかかった人達は、きっと奈津子が気でもふれたと思ったかもしれない。

あまりに変わり果てた真緒の遺体と対面したことで、すっかり自分を見失っていた。

「とにかく帰ろう」

翼は無理やり奈津子をタクシーに乗せた。

アパートに着いても、奈津子はただ呆然とどこを見るでもなくジッと座っていた。翼がこのまま奈津子は本当に気がふれてしまうのではないかとさえ思ったほどだ。

「奈津子、何か食べよう。朝から何も食べていないじゃないか。このままでは君まで死んでしまうよ」

「私なんか死んだっていい」

奈津子の声が小さくて最初は翼には聞き取れなかった。

「何？　なんて言ったの？」

「私なんか死んだっていい。そう言ったのよ」

今度は翼にもはっきりと聞き取ることができた。

「何言ってんだ。奈津子、しっかりしろよ。お前が死んでどうなるんだ。お前らしくないぞ。真緒を殺した犯人を探し出さなくていいのか？」

奈津子はしばらくの間翼の顔を見詰めた。化粧もしていない奈津子の顔は青ざめて見えた。

「探せっこないよ」

奈津子は投げやりな言い方をした。

「そんなことない。俺も力になる。堀井もいる」

「……そうね。犯人が捕まらなくちゃ、真緒だって成仏できないもんね」

やっと奈津子の顔に笑顔が戻った。

「そうと決まったら……」

翼がお湯を沸かし始めた。

「何すんの？」

「ラーメンでも食おう」

「インスタント？」

「三分待って」

カップラーメンがこんなに美味しいと感じたことはなかった。

「今度俺って言ったらここに千円入れてね」

奈津子は缶にブタの絵の付いた貯金箱を翼の目の前に置いた。


それから二日後に真緒の遺体はダビに付された。奈津子は泣きたくなる気持ちを堪えて、身寄りのない真緒の葬儀を執り行った。夫の光の姿はその中にはない。光はもはや重要参考人ではない。すでに逮捕状が出ていたのだ。真緒の葬儀は参列者も少なく、本当に寂しく悲しい告別式だった。葬儀を終え、集まった人達だけでお清めの会を催し、生前の真緒を偲んだ。二十人そこそこの人達の大半は会社関係の人で、奈津子とも顔見知りだったが、中には数人、初めて見る人もいた。奈津子はその人達に話しかけてみることにした。通夜にも告別式にも、永井が姿を見せることはなかった。

「今日は本当にありがとうございました」

奈津子は列席者の中で人一倍悲嘆にくれている女性に声をかけた。

「真緒さん、本当に可哀相……」

彼女は本当に真緒の死を悲しんでくれて、涙を流してくれている。

「あのう、真緒とはどういうお知り合いだったのか、差し支えなければ教えていただけませんか？」

「はい。真緒ちゃんとは子供の頃ずっと同じ施設で育ちました」

奈津子には真緒が施設で育ったなんて話は初耳だった。

「真緒ちゃん、話してなかったんですね」

彼女は真緒より少し年上の女性だ。

「私はそこの施設に十七歳までいました。おとなしい彼女はいじめられることも多くて……。でも真緒ちゃんは九歳の時にある方にもらわれていったんです」

「ある方？」

「ええ、確か山梨のお金持ちの家らしいとしか分かりませんけど」

奈津子はふと、永井のことが頭に浮かんだ。今まで切れていた糸がここでやっと繋がったような気がした。

「その話、もう少し詳しく伺えないでしょうか」

なんで男の子がいるのに真緒を引き取ったりしたんだろう。奈津子の頭の中に新たな疑問が湧き上がった。

「それで、そのお宅なんという名前だったか覚えてませんか？　もしかして永井さんではありませんか？」

「さあ、そんな名前だったかも」

奈津子には永井だという確信があった。そして真緒が子供の頃どんな子だったのか訊いた。

「そうそう、施設を出てから偶然街で会ったことがあります」

奈津子は興味深そうに耳を傾ける。

「男の人と歩いていて、とても楽しそうだったのに、私が声をかけると逃げるようにどこかに行ってしまって……。きっと昔のことには触れられたくないんだと、そう思って、今度どこかで会っても声はかけないでおこうと思ったものでした。今から二年前のことです。そのあと風の便りに、真緒ちゃんが結婚したと聞いて喜んでいたのに、こんなことになってしまって」

彼女はまた涙を流した。

そして彼女は一瞬〝あれっ〟という顔をして一点をみつめた。「どうかしましたか」という奈津子の問いかけには「い、いいえ別に……」と答えただけで、すぐに視線をそらした。奈津子がふり返って見た時にはすでにそこには誰もおらず、ただぼんやりと立ちつくす翼の後ろ姿があるだけだった。

その後二人が翼のアパートに戻ったのは夜十一時をだいぶ回っていた。

「フー」

奈津子は大きなため息をついた。

「奈津子、そこに座れ」

翼は帰る前からどうも怒っているらしかった。

「何怒っているの？」

「いいから座れ」

奈津子は仕方なく翼の前に座った。

「マリッジリングって知ってるか？」

奈津子は内心ドキッとしたが平静を保った。

「知っているわよ。結婚指輪のことでしょ」

「ふざけるな。今日マリッジリングのパーティでお前を見たって男に会ったんだぞ」

真緒の葬儀に来ていた中の一人があのパーティに出ていたらしい。

「なんで俺に黙って、一人でそんな危険なところへ行ったんだ」

ところが、奈津子はしょんぼりするどころか、突然目を輝かせた。

「やっぱり、あの結婚相談所へ真緒も行っていたんだわ」

これでそのことが証明されたのだ。

「あいつ、嘘ついていたんだわ」

タツヤと呼ばれていた男は、真緒の写真を見ても知らないと言っていた。

「あいつって誰だ」

「よし明日のパーティに行こう」

奈津子は翼の話をまったく聞いていなかった。

奈津子はパーティ会場に着くなりタツヤを探した。パーティは夜七時からだったので、仕事を終えて慌てて駆け込んでくる人もいた。その日の昼間、奈津子は真緒が育

ったという千葉にある施設へ行っていて、会場に着いたのは七時を十分ほど回ってい
た。目を凝らしているとようやく目的の男を発見した。

「タツヤ！」

ところが、タツヤはモテモテで、当分来られそうもない。会社帰りのＯＬとサラリ
ーマンが中心のお見合いパーティは、みんな少しでも条件のいい好みの相手を探そう
と必死だ。

「あなたも彼がお目当てですか？」

初めて会った男が声をかけてきた。

「まるでホストクラブのような奪い合いですよ」

仕方なく奈津子は彼と話をすることにした。

「登録してどのくらいたつんですか？」

「一年くらいかな？」

一年では知らないかもしれないとは思ったが、奈津子は真緒の写真を見せた。

「この人なんだけど」

彼は真緒の写真をマジマジ見ると、いったん奈津子の顔をジッと見て、黙って奈津
子に写真を返した。

「あなたもこの人とグルなんですか？」

彼の顔色が変わった。

「えっ、どういうことですか？」

奈津子はその場から立ち去ろうとする彼の前に立ちはだかった。

「教えて下さい。グルってどういうことですか？」

「いいでしょう。外へ出ましょう」

中庭にも数組のカップルが楽しそうに歓談していた。

「結婚詐欺？　真緒が？　嘘でしょう？」

「嘘じゃありませんよ。この僕ももう少しで被害者の一人になるところでしたから」

彼の真剣な表情は嘘をついているようには見えない。しかし、奈津子にはまったく寝耳に水の話で驚いて声も出なかった。

「彼女、あそこで目ぼしい人に目をつけて、お金を借りていたんです。最初は親が病気だとかなんとか。でもそれはすぐに返して。詐欺師がよく使う手だそうじゃないですか。その後は父親の会社が倒産したとか、こんな不景気な世の中ですもん信じますよ。ここで知り合った友人の話だと、全部で一千万くらい被害に遭っているはずですよ」

「一千万？」

「もしかしたらそれ以上かもしれません。可哀相に、その彼は騙されて貯金を全部なくして家まで売って、今はどこにいるのか行方不明ですよ。きっと他にも何人も被害に遭っている男がいるはずです。この女の居所を知っているなら教えて下さいよ。金は返って来なくても、せめて謝るだけでもしてもらわなくちゃあ、気が納まらないですよ」

彼はとても怒っていたので、奈津子は少し言うのを躊躇ったが、小さな声で言った。

「それが彼女、殺されたの」

奈津子の声ははっきりと彼の耳に届いた。最初彼は少し驚いたようだったが、搾り出すように言った。

「まあ、当然かもしれませんね。そうとう恨んでいた人もいたようですから。僕だって殺してやりたいくらいですよ。あんないい人を騙すなんて」

警察にも被害届けが出ているはずだ。そう付け加え彼は立ち去った。

奈津子はしばらく呆然とした。その間何人かの男達に声をかけられたが、奈津子はまったく取り合わなかった。

「奈津子……」

やっと女達から解放されたタツヤが奈津子の元にやって来た。

「どうしたの。元気ないじゃない」

「うん」

「表に出ようか」

誰の誘いにも乗らず、タツヤと出ていく奈津子を「ブルータスお前もか」ならぬ「奈津子よお前もか」の心境で男達は見送った。

「知ってたんでしょ？」

「何が？」

「呆けないで。真緒のことよ。真緒が結婚詐欺をしていたってこと」

タツヤは少し驚いたようだったが、

「ああ、そのこと」

となんでもないように言った。

「どうして言ってくれなかったの？」

「知らない方がいいと思ったんだ」

「じゃ、光は？　彼女の夫なんだけど、彼は見たことない？」

奈津子は真緒と光の結婚式の写真を見せた。光の写っている写真は他に持っていないからだ。

「いや、見たことない」

「ホント？　ホントに見たことないの？」

「ないよ。嘘はつかない。彼は登録者の名簿には載っていないよ」

「どうして分かるの？」

「僕はマリッジリングの言わば回し者だからね。今度ちゃんと調べておくよ。他に訊きたいことは？」

「登録していて、相手が見つかんないまま辞めてしまった人の名簿がほしいわ」

「オッケイ」

「それからもう一つ」

「まだあるの？」

「永井良介っていう人が登録されていなかったかどうか。この人なんだけど」

奈津子は良介のちっちゃな横顔が写っている写真を見せた。

「分かった。明日の夕方までに調べておく」

フーッと奈津子はため息をついた。

「どうしたの。ため息なんて、君らしくない」

「これでよかったのかなと思って」

「どういう意味？」

「だって」

奈津子の目に涙が溜まっていた。

「だって、真緒のこと調べれば調べるほど、嫌なことばかりが見えてくるわ。これから先だってきっと。真緒は幼い頃からずっと不幸な人生を送ってきたのよ」

奈津子の目から涙が零れた。

「泣いていいよ」

タツヤはそっと奈津子を抱き締めた。

「不思議だな。君となら結婚してもいいかなって思ってしまうよ」

タツヤは言った。

「嘘ばっかり。何人の女の人をそうやって泣かせたの？」

「数えきれません」

奈津子の目にはまだうっすらと涙が残っていた。

（まるっきり嘘でもないんだけどな）

タツヤは口に出しては言わなかった。どうせ信じてはもらえないことを知っていたからだ。

「被害届けなんて出ていないそうだ」

翼は奈津子に頼まれ堀井に電話した。そしてこれが答えだ。

「そいつに担がれたんじゃないのか」

「そんなはずない。だってタツヤだって言ってたもん」

「タツヤ？　誰だそいつ？」

「うん、なんでもない」

「なんだよ。気になるじゃないか。ちゃんと言えよ。それとも言えないような男なのか」

奈津子は翼が本気で怒っていることが可笑しかった。

「そんなんじゃないって。でも、どうして被害届けが出ていないんだろう」

「あの真緒がねえ」

と、二人で顔を見合わせた。

「それにしても、そんなお金何に使ったんだろう」

「うん。何か買ったのかなあ」

「さあ」

二人とも首を傾げた。

「結婚式の費用にしては多すぎる」

二人で頷いた。

「新婚旅行は？」

「まだ行ってないんじゃない？」

「うん。まだ行ってない」

「そうすると、いったい何に……」

二人とも見当もつかない。

「あの部屋にはそんなお金なかったわよね」

「ああ、預金通帳にもそんな大金なかった」

「じゃあ、どこへ消えちゃったんだろう」

「もしかしたら、そのへんに事件を解く鍵が隠されているのかもしれないぞ」

「うん。でもどうやって探すの？」

「そこが問題だ」

「あ、そうだ。言い忘れていたんだけど、私のパスポートが見当たらないの」

奈津子は大して大変だというふうでもなく言った。

「ふうん。人のパスポートなんかなんにすんのかな」

「さあ」

「あの時に盗まれたのか？」

「たぶんそうだと思う」

「いいかげんだからな。お前」

「それは言えてる」

「ところで、施設の方は何か収穫あった？」

奈津子はその日、朝早くに電車に乗って千葉へ行ってきたのだ。

「施設はもうなくなって空き地になっていて、当時を知る人を探すのが大変だったわ。もう数年前に施設が取り壊しになって以来、みんなバラバラになってしまって」

「じゃあ何も分からずじまい？」

「いいえ、たった一人そこの施設で看護婦をしていたって人がいて、その人を探して訊いてきたわ」

もうすでに六十歳を越えている彼女は、記憶の糸を辿りながら話してくれた。

「ええ、よく覚えていますとも。真緒ちゃんのことは、忘れられませんよ」

彼女はそう言いながら話し始めた。

「真緒は二歳の時に母親が連れてきたんですって。必ず迎えにくるからと言い残して。泣きながら去っていく姿を今でも忘れることができない。そう言ってたわ」

「そう」

翼は力なく答えた。

「真緒のお母さんはとても綺麗な人だったそうよ」

「あの子はあんまり他の子と仲良く遊んだりできる子じゃなくて、いつも一人で遊んでいましたね。その真緒ちゃんが殺されたなんて……」

婦人は言葉を詰まらせた。そして、幼い頃の写真を見せてくれた。

「ほら、これが真緒ちゃん」

そこには悲しそうに独りで佇んでいる五歳の真緒の姿があった。

「面影がありますね」

「そうですか。顔だちの綺麗な子でしたから、きっと美人になると思っていましたよ」

奈津子は会社の慰安旅行で真緒と奈津子がピースをしている写真とウエディングドレス姿の真緒の写真を見せた。

「本当に綺麗になって、生きている間にもう一度会いたかったわ」

そう言って、また彼女は涙を拭くのだった。彼女は幼い頃の真緒の癖やどんな玩具が好きだったか、食べ物は何が好きだったかなど、たくさん話してくれた。

「いつだったかしら、たぶん真緒ちゃんが引き取られていく数日前だったと思うけど」

彼女は少し辛そうに記憶を辿った。

「施設の中で物が失くなる事件が起きたの」

「真緒が？」

「いいえ」

彼女は首を振った。

「でも彼女はみんなに疑われて。もちろん中には庇う子も何人かはいたんだけど、荷物を全部ひっくり返されて裸にされたわ」

「それで、失くなった物は出てきたんですか？」

彼女はもう一度首を横に振った。

「あとになってからあれはいじめだったと分かって……」

「いじめ？」

「誰かがわざと見つからない場所に隠して、真緒ちゃんに疑いがかかるように仕向けたんです。みんな、羨ましかったんですよ。お金持ちの家にもらわれていく真緒ちゃんが。ここでは食べる物も粗末な物ばかり。ほしい物など何一つ買ってあげることもできなかったですからね。でもあそこはまだいい方でした。毎年たくさんのご寄付をして下さる方がいましたから。特別な贅沢はできなくても、それまではみんな幸せだったんですよ。いえ、どこかに燻っていたのかもしれませんね。みんな贅沢がしたかったのだと思います。それと、お母さん、お父さんと呼べる人がほしかったのも事実でしょうね。でも結局そのことが原因で真緒ちゃんはもらわれていく決心をしたんですよ」

「それじゃあ、決まっていたわけではなかったんですね」

「そうです。ずっと嫌だ、嫌だ、行きたくないと言っていたんですけどね」

そこで彼女は何かを思い出したらしく、悲しげにフッと笑った。

「そう言えば」

奈津子はあることを思い出していた。それはまだ二人が入社して一年くらいの時だ。二人で待ち合わせをして映画を見にいったことがあった。その時の映画の題名はもう忘れてしまったが、外国の映画で、貧しい家に大勢の子供達が食べる物もなくて、仕方なく一番小さな女の子がもらわれていくような映画だった。悲しい映画を見て泣く奈津子はいつものことだが、その時はあまり感情を表に出さない真緒が号泣していた。

奈津子は、（真緒ってもしかして隠し子でもいるのかしら）と思ったことをよく記憶していた。

（真緒は自分に重ね合わせていたんだわ）

奈津子は幼い頃の真緒に思いを馳せた。

「真緒ちゃんには好きな男の子がいたんですよ」

「えっ？」

奈津子は突然現実に引き戻された。

「彼だけは最後まで真緒ちゃんのこと庇ってあげてたんですけどね」

彼女の目が遠くを見詰めた。彼女とて、それはまた思い出したくない過去であったのかもしれない。

「あの、最初から真緒に決まっていたんでしょうか？」

奈津子はなぜ真緒がもらわれていったのか、なぜ真緒でなければならなかったのかが気になっていたのだ。

彼女はまた悲しげな表情になった。

「はい、最初から真緒ちゃんをとおっしゃいました。きっと真緒ちゃんが可愛かったからだと思います。永井さんご夫婦で見えて、連れていく時も確かご夫婦でいらしたと思いますよ」

（やっぱり永井さんだったんだわ）

奈津子は心の中でつぶやいた。

「この写真お借りしてもいいでしょうか」

「ええどうぞ」

奈津子は何度もお礼を言って頭を下げた。奈津子を見る彼女はどこか懐かしそうに目を細める時があって、きっと同じ年頃の奈津子に真緒を重ねていたのかもしれなかった。そういえば、入社したての頃、奈津子と真緒はよく間違えられた。よく似ているというのだ。


「もらわれていった家には真緒より年が上の男の子がいたんだよな」

奈津子にはそれが良介だとすぐに分かった。でも結婚式の時には、真緒の兄としてではなく、新郎の親戚として出席していた。

「うーん」

奈津子は首を傾げた。

「真緒はもらわれていってからは幸せだったのかしら?」

翼は首を振った。奈津子が施設に行っている間に、翼は真緒がもらわれていった山梨へ行っていた。

「それがそうでもないらしいんだ。真緒はそこでもいじめられていたらしい。今はもうその家にはまったく別の人が住んでいたんだけど、近所の人で前から住んでいる人がいてね。その人の話だと、真緒はよく叩かれたりしていたらしいんだ」

翼が急に暗い表情になる。

「それじゃあ、どうしてわざわざ真緒を施設から連れていったりしたのよ。自分の子として大事に育てるためじゃないの？　そんなのひどすぎるわよ」

奈津子は泣いていた。いつの間にか涙が溢れていた。

「ホントに奈津子は泣き虫だな」

翼は奈津子の涙を指で拭った。

「だって、悔しいじゃない。どうして真緒ばかりが不幸を背負わなければいけないのよ」

奈津子の頭にふとある思いが浮かんだ。たぶん翼も。

「復讐？」

奈津子は口に出して言った。

「うん。そうかもしれない」

「でもまさか。あの真緒に人殺しなんかできるはずがないわ。馬鹿なこと言わないでよ」

「もし、もしもだよ」

「うん」

「もしも真緒が山家さんを殺したとして」

「何言ってんのよ。真緒が殺すはずない！」

奈津子は怒った。

「だから、もしもだって。もしもそうだとして、……真緒は誰に殺されたんだ？」

「結婚詐欺の被害者かしら」

「……」

二人ともしばらくの間喋らずにいた。先に沈黙を破ったのは奈津子の方だった。

「ねえ、翼は真緒のことどう思っていたの？　少しは付き合ったとか」

「なんだよいきなり」

「真緒が翼のこと好きだったのは知っているでしょ。だから……」

「だから、なんだ」

翼は奈津子が何を言いたいのか分かっていた。

「はっきり言えよ」

「だって、真緒、幸せな時あったのかなと思って。結婚生活だって本当に幸せだったのかどうか。だから、こんな形で死んでいった真緒がとても哀れに思えて……。真緒の心の中に幸せだった記憶があったのかなって」

奈津子は上目遣いに翼を見た。

「真緒とは何回か二人で食事に行った。酒も飲みに行った。でもそれだけだ。休みに二人で出かけたこともない」

「キスは？　キスくらいはしたんでしょ」

翼の頭の中に過去の記憶が蘇ってくる。


「翼、お願い。好きなの。一度だけでいいから私を抱いて。お願い。私達ずっと仲よしだったじゃない」

「真緒、お前……」

「いいの。もう辛い過去は全部忘れた。私が憶えているのは私が翼を好きだってことだけ。翼が誰を好きでもかまわない。私を奈津子だと思ってくれてもいい。それでもいいから。お願い」

真緒はそう言って泣き崩れたのだ。内に秘めるタイプの真緒が、初めてプライドも何もかも捨てて、翼にすがった一瞬だった。

「ごめん。できない」

その時、真緒は泣きながら翼に抱きついて、無理やり唇を押し付けてきた。

「お願い。ほんの少しの間だけこうさせてて」

その時だけは翼も、何も言わずにそっと真緒の身体を支えてやった。翼が奈津子と岩田のことを知らされたのはその時だった。

「あなたの大好きな奈津子は、今頃岩田部長に抱かれているのよ」

翼は一瞬顔色が変わった。

「それでもまだ彼女を愛せるの？」

「関係ない」

翼は真緒の身体を押し退けた。

「私は、私はずっと、ずっと前から翼のことだけを見てきたのに」

そう言って、真緒は走り去ったのだった。

「ねえ、どうなの。キスくらいはしたんでしょ」

奈津子は翼の顔を覗き込んだ。

「ああ、したよ」

翼はあっさりと言った。

奈津子は、よかったようながっかりしたような、複雑な気分だった。

「他に訊くことは？」

翼は少しムッとしていた。それは奈津子が無神経に訊いてきたことだけではなかった。

「ないわ」

「二人でベッドに入ったかどうかは聞かなくていいのか」

翼は両腕で奈津子の身体を揺すった。翼は本気で怒っていた。こうして怒っている自分自身にも腹が立っていた。奈津子は少しずつあとずさった。

「ごめん。頭、冷やしてくる」

翼はバタンとドアを閉めて出ていった。

「私の方こそごめんなさい」

奈津子は心の中で呟いた。

# 三

その翌日の土曜日、奈津子は朝九時にアパートを出て、タツヤとの待ち合わせ場所に向かった。途中、電車と地下鉄を乗り換えて目的地へ行くのだが、電車を待っている間に後ろから誰かに押され、危うくホームから落っこちそうになった。

「大丈夫ですか？」

すぐ傍にいた男性が奈津子の手を引っ張って身体を支えてくれなかったら、今頃は電車に轢かれているところだった。

「ありがとうございました」

奈津子が振り返った時には、怪しい人影はすでに消えていた。実は奈津子はこの前出かけた時も、階段から誰かに突き落とされそうになった。でもその時は、偶然誰かがぶつかっただけだろうくらいにしか思っていなかったのだ。けれど、今確信が持てた。狙われているのだ。

「やあ」

タツヤは時間どおりに待ち合わせ場所に現れた。

「おはよ」

奈津子は、自分を狙っているのはタツヤかもしれないと思うと、自然と顔も強張った。

「どうしたの？　怖い顔して」

「ううん、なんでもない」

「それがなんでもないって顔か？　何があったんだ？　言えよ」

タツヤは優しく言った。

「うん、あのね」

奈津子は電車のことも、階段でのこともタツヤに話した。

「狙われるような心当たりでもあるの？」

「分からないわ。知らない間に恨みをかっているのかも」

「そうか、気をつけなきゃね」

と言ってから、

「まさか、僕を疑っていたわけじゃないよね」

奈津子の顔をジッと見た。奈津子は頷いた。

「まさか。僕には動機がない」

「そうよね。でも」

「でも？」

「だって、今日ここに来ることは誰も知らないし」

「ははあ、それで怖い顔してたってわけだ」

「ごめんなさい」

「ひどいなー。僕の顔見てよ。この顔が悪いことするように見える？」

「ちょっとだけ」

二人で笑い合った。

「でも、気をつけなきゃいけないいな」

「うん」

奈津子は頷いた。

「どうして、私なんか狙われるのかしら」

「さあな、思い当たることないの？」

奈津子は首を横に振った。

「そうだ、一つだけある」

「それだ」

タツヤは人差し指を空に向かって差した。

「早く警察に行って話した方がいい」

タツヤは奈津子の手を引っ張って歩き始めた。

「途中まで送っていくよ」

「途中まで？」

「ああ、どうもああいうところは苦手でね。だから近くまで」

「でも警察は取り合ってくれないわ」

先に歩いていたタツヤは立ち止まって振り返った。

「だって、思い当たることは」

奈津子はタツヤを上目遣いに見た。

「ははあ？」

タツヤもそれと気づき、

「人が真剣に言っている時に馬鹿なこと言ってんじゃない」

と怒って見せた。

「だってタツヤ、モテモテだから。私のこと誤解して嫉妬に狂ってしまっている女の人も中にはいるかもしれないと思って……。ごめんなさい」

奈津子は素直に頭を下げたが、

「でも、あなただってそれだって言ったじゃない」

と言い返した。

「僕のそれはもっとましなそれだよ。例えば君が重要な事件に関わっているとか、大体何を調べているのさ」

奈津子はこんな正体不明な男に、事件のことなど気安く話していいのだろうかという思いが頭をかすめた。

「まあいい。君に頼まれた書類だ」

タツヤは封筒に入った紙を奈津子に渡した。

「ありがとう」

今日はまた梅雨空が戻ってきたようで、どんよりとした雲はとうとう雨を降らせた。慌てて傘を差したタツヤは、奈津子の身体を引き寄せて軒先で雨宿りした。

「あなた、ふだんはお仕事何しているの?」

奈津子は近くの喫茶店で紅茶を飲みながら、目はタツヤにもらった名簿を見ていた。

「そんな、どうでもいいような訊き方しないでほしいな。登録した時、見なかったの?　僕の職業欄」

奈津子は名簿から目を離し、顔を上げた。

「フリーターなの？」

目はまた名簿に移していた。

「フリーターじゃ、登録できません」

「そうなの？」

「あのねえ」

タツヤは渡した名簿を奈津子から取り上げた。

「人の話はちゃんと聞くもんだ」

「はーい」

「ちゃかすなよ」

「ごめんなさい。ちゃんと聞きます」

「もしかして、君。僕のことなんにも知らないわけ？」

「うん」

奈津子は素直に頷いた。

タツヤは咳払いを一つして、アイスコーヒーを飲んだ。奈津子は、こいつ結構いい奴かなと思う。

「長沼達也、二十八歳。職業はカメラマン。年収は五〇〇万。三人兄弟の末っ子。父も母も兄も医者をしている医者一家だ。とまあ書類には書いた」

「書類には？」

奈津子は首を傾げた。

「でも実は公務員かもしれないよ」

タツヤが笑いながら言うので、奈津子もついケラケラと笑ってしまった。

「何が可笑しい？」

「だってあなたが公務員だなんて」

奈津子はさらにキャハハと笑った。奈津子はタツヤが真面目くさった顔で役所仕事をしている姿を想像したのだ。

「ふん、ほっといてくれ。優秀な兄が二人もいると弟は苦労するんだ」

「ふーん、それで拗ねているってわけね。末っ子の甘えん坊さん」

「これで納得がいきましたか？　橘奈津子さん」

「どうして、知っているの？」

「当然だろ。君のビデオを見た。みんな真剣に見てちゃんとチェックしているよ。本気で結婚する気のある奴はね」

「あら、私だって見たわよ」

「真緒に関係のありそうな人物だけね」

「真緒に？」

「ああ」

「あなたも真緒と関係があったの？」

タツヤは観念したようにゆっくりと頷いた。

「多少はね」

「多少って？」

「肉体関係まではない」

タツヤの言い方があまりに単刀直入だったので、奈津子は赤面した。

「へえ、結構うぶなんだ」

「ほっといてよ。それなりの経験は積んでます」

「それなりって？」

「それなりは、それなりよ。私のことより真緒とのこと訊かせてよ」

奈津子は紅茶のカップを持って口に運んだ。

「真緒が最初に目をつけたのは、実は僕なんだ。なんたって医者一家だろ。金持ちに見えたんだと思う」

奈津子はまたタツヤから名簿を取り返して、その人達の職業や年収、預金などに目をやった。

「そういえば、この人達みんなお金持ちだわ」

「だろ？　彼女は最初っから結婚が目的とは思えなかったな」

「どういうこと？」

「つまり、変な言い方だけど、カモを探していたんだと思う。金持ちの男に片っ端から声をかけてたって感じかな」

「そう」

奈津子はまた名簿の方に目をやった。

「なんのためにお金が必要だったのかしら」

「さあ」

タツヤは急に立ち上がり、「出よう」と言って、さっさとお金を払って表に出た。奈津子も慌てて荷物を持ってあとに続いた。

「どうしたの？　急に」

外は雨もだいぶ小降りになっていた。

「さっき入って来た女の人いただろ。ほら、奥の席に座った」

「ああ、あの可愛い子ね、あの子がどうしたの？」

「うちの看護婦なんだ」

「まあ、気にしない、気にしない」

「人のことだと思って、またお袋に叱られるよ」

「奥の手使えば」

傘を差していたタツヤの足が止まった。

「奥の手って？」

フフフ。奈津子が笑う。

「なんだよ奥の手って」

「あなたが最も得意なことよ」

（得意なこと？　なんだ？）

タツヤは少し考えてから、

「誘惑しろってえの？　駄目だよ親父にぶん殴られる。大体女なら誰でもいいってわけじゃないんだから。男はデリケートなんだぞ」

奈津子はタツヤの顔を覗き込んで大笑いした。

「女は金のために誰とでも寝れるだろ」

「あら、男の人だって。そうだ、あなたホストにでもなればいいのよ。絶対向いていると思うわよ」

タツヤは奈津子を殴る真似をした。奈津子はまたキャッキャッと笑った。そして、大股で歩き出した。が一瞬立ち止まった。

「でも彼女、真緒はどこか寂しげで、なんていうか陰があるっていうか、放っておけないような女性だったな」

「どうせ私は寂しそうでもないし、放っておいても元気印よ」

「なんだ妬いているの？」

タツヤはクスクス笑い出した。

「別に妬いてなんかいないわよ」

「君ならいつでも抱けるよ。なんならこれから試してみる？」

真面目な顔で言った。奈津子はタツヤの頬を目がけて腕を振り下ろしたが、軽くかわされてしまった。奈津子はまだ知り合ったばかりのこのタツヤという男といると、不思議と心が和むのはなぜだろうと思った。

「この間の永井って男のことだけど」

「ええ」

タツヤは一生懸命記憶の糸を手繰り寄せているようだ。

「ずっとどこかで会ったような気がしていたんだ。写真が小さくてよく分からなかったんだけど」

タツヤはタクシーを拾って、先に奈津子を乗せた。

「代官山」

タツヤは運転手に告げた。

「真緒が登録に来た時、一緒に来ていた男だと思う」

車に乗ったとたんにザアーッと勢いよく雨が降ってきた。

「でもどうしてタツヤがそんなこと知っているの?」

「言ったろ。僕はあそこの回し者だ。実は新しい会員が来るとこっそり奥から見ているんだ」

「どんな女か物色しているってわけね」

「まあそんなとこかな」

タクシーの運転手がバックミラーで奈津子をジロッと見た。

「それで?」

奈津子の声が心なしか小さくなる。

「その時、真緒本人よりも付き添いで来た男の方が、熱心にビデオを見たり資料を見たりしていたから、なんとなく気になって覚えていたんだ。結構母親と来たり、友達同士で来たりすることは珍しくないんだよ。特に女の子の場合はね」

「永井さんが行ったのはその時一度きり？」

「さあ、僕が見たのはその時だけだけど」

車は代官山のレストランに着いた。タツヤは先に降りて激しい雨で奈津子が濡れないように傘を差し、ぴったりと自分の身体にくっつけた。レストランではフランス料理のコースを頼み、ワインを飲んだ、奈津子はふと、この前、永井と八ヶ岳で食事をした時のことを思い出していた。今思えばあの日からなのだ。あの日、真緒の家で永井に紹介されてからおかしいのだ。奈津子に災難が降りかかってきたのはあの日からなのだ。もっとも、事件はその前から始まっていたのだが。

「何考えてるの」

さっきからぼんやりとしている奈津子に、黙って見ていたタツヤはちょっと不機嫌に訊いた。

「別に」

奈津子もまた不機嫌に言った。

「ふうん、僕には好きな男のことでも考えているようにしか見えなかったけどな」

「そんなんじゃないわよ。それにしても、昼間っからフランス料理にワインなんて飲んでいる人いるのね」

「世の中結構平和なんですよ」

奈津子はワインをゴクンと飲んだ。

「そうだ、この前ワインを飲んだ時……」

奈津子は永井と八ヶ岳のロッジでワインを飲んだ時のことを言った。

「どうしたの?」

タツヤは奈津子のワイングラスにワインを注ぎ足した。

「なんでもない」

奈津子は、八ヶ岳のロッジでワインを飲んだ時具合が悪くなったのは、ワインに何か薬を入れられたのではないかと考えたのだ。

「気になるじゃないか。言えよ」

奈津子は仕方なくタツヤにそのことを話した。

「それで具合が悪くなって、……でもね、全然記憶がないの」

「気持ち悪くなったってことも……？」

奈津子はタツヤを上目遣いに見詰めながら頷いた。

「結局ロッジに泊まったってこと？」

「ええ。そうよ」

「ふうん」

「何が、ふうんよ」

「言っときますけどあなたとは違うわ。一緒にしないで」

「だって、眠っていたんだろ。どうして分かるの？」

奈津子は運ばれてきた料理を黙々と食べた。それを見ていたタツヤは笑いながら言った。

「君のその豪快な飲みっぷりも、本当に旨そうに食べるところも好きだよ」

奈津子は一瞬手を止めた。

「だって、独り暮らしが長いんだもの。黙々と食べる癖がついちゃったのよ」

恥ずかしそうに言ってから付け加えた。

「それって、褒めてる？」

タツヤはそれには答えず、ただにっこりと笑って頷いた。

「でも、たまには僕のことも見てよね」

今までタツヤと一緒に食事をした女性は、みんなほとんど食べ物を口にせず、タツヤの顔ばかり見ていた。自分より食べ物に夢中になる女がタツヤには新鮮だったのかもしれない。

「だって、冷めちゃうじゃない。美味しいうちに食べなきゃあ」

そう言って奈津子はまた黙々と食べ始める。そして、メインディッシュが終わって、デザートが運ばれてきた。

「薬を飲まされたな」

タツヤのところに運ばれてきたデザートのケーキはもちろん奈津子が食べる。

これも美味しいと奈津子はケーキを頬張りながら言った。

「やっぱり?」

「なんでそんなこと?」

「決まっているじゃないか。君をものにするためさ」

「そうかなあ」

「そうに決まっているよ」

「ううん、そうじゃない。理由は他にあると思う。多分殺人事件に関係があるんだと思う。そうでなきゃおかしいもの」

「何？」

タツヤは初めて真顔になった。

「そう考えると……」

タツヤはコーヒーカップを持つ手を止めた。

「事件は一つに繋がった。だが謎は深まるばかりだ」

タツヤの名探偵さながらの言い方に、奈津子はプッと笑った。

「でも重要な手がかりがあるわ。殺された山家っていう男の人、永井さんの育ての親なんだけど、真緒はその家にもらわれていったことが分かってる」

奈津子は詳しく話した。そして、あることに気づいた。

「そうだわ。なんで今までそのことに気がつかなかったんだろう」

そう言うと、奈津子は目を輝かせた。

「そうよ。そうなんだわ。永井さんよ」

「永井がどうしたの？」

タツヤは独りで興奮している奈津子を見て、早く何がそうなのか言えと急かした。

「犯人は永井さんよ。だって、車で八ヶ岳に向かう時、彼は『中森さん、殺されたんですってね』って言ったのよ」

「それが？」

とタツヤは首を傾げる。

「殺された、テレビで見た、と言ったわ」

「そうか。まだ、警察はその段階では殺人事件と断定してはいなかったんだ」

テレビでは、事故と他殺の両方で調べていると、奈津子が見た時もそう言っていた。もちろん新聞でも殺人なんて断定はしていない。ただ、奈津子が殺人らしいと知ったのは、堀井が翼と知り合いだったことで、二人にだけそっと教えてくれたのだった。

「それに中森さんマリッジリングのこと知ってたし」

「これで決まりだ。全ての犯人は永井だ。姿を隠しているのが何よりの証拠じゃないか。もう事件は解決したようなもんだ。あと何日休暇残ってる？　一緒に旅行に行こうよ。東京離れた方がいいよ。狙われているんだしさ。今度狙われたら命ないよ」

そう言われて、奈津子もしばらく東京にいない方がいいのではないかと思えてきた。自分達に何ができるというのだ。もし、犯人を捜し出したとして、もう何人も殺しているんだ。女一人殺すことなどたやすいことだ。

「そうしようかな」

「え、ホント」

「う、そ」

たとえ命が狙われているとわかっていても、あきらめるような奈津子ではなかった。

「携帯の番号教えて」

奈津子は二つ目のケーキを食べながら、タツヤに自分の携帯電話を渡した。タツヤはその番号を自分の携帯電話に登録した。

「全然連絡が取れないだろ」

ついでにメールアドレスも調べて簡単なメールを送った。

「悪戯しないでよ」

奈津子はタツヤから無理やり携帯電話を取り返した。

「僕に会いたくなったらここを押して」

すでにタツヤの携帯の番号はメモリーに入れてあった。


その日の夜もマリッジリングのパーティは開かれていて、それは年に数回ほどある大がかりな物だった。タツヤと別れた奈津子は着替えを済ませ、念入りに化粧を直した。どこかウキウキしているのは、やはり〝お見合いパーティ〟だからだろうか。

（まだ少し時間があるわ。あまり早く行くのもなんだか物ほしそうに見えて嫌だわ）とすっかりお見合いをする気になっている。何度もパーティに参加してうちに、いい人がいたらついでに私も結婚しちゃおうかなと思わないでもない。なんたって年頃の娘なんだもんと、奈津子は自分に言いわけをしていた。

近くの喫茶店ででも時間を潰そうと、そのまま部屋を出た奈津子は、今日のパーティ会場からほど近い喫茶店でコーヒーを飲みながら通りを見ていた。

（ここからなら、お見合いパーティに入っていく人がよく見えるわ）

やがてポツポツと中へ入っていく人の姿が見え始めたので、奈津子もそろそろ行こうかと席を立った。

「あれ？」

見覚えのある男がこちらへ向かって歩いてくる。奈津子は思わず顔を隠した。別に顔を隠す必要などないのだが。彼は店には入らず、パーティ会場の方へ歩いていった。奈津子はすぐに店を出て、その男を追いかけた。（なんだか探偵にでもなった気分だわ）。奈津子はちょっぴり心が踊る。それにしてもどうして今日はこんなに車がいっぱい停まっているんだろ。警察の怠慢よ。警察がちゃんと取り締まらないから、などと思っている間に、彼はそのまま裏口に回り、スタッフルームへ入って行った。スタッフルームにはすでに数人のメンバーが集まっていた。

「そこで何をしている」

大きな声で男が叫んだ。奈津子はビクッと身体が震えた。中にいた男が大きく扉を開け、一斉に奈津子に注目した。

「ご、ごめんなさい。私、ま、迷っちゃったみたい」

奈津子は作り笑いをしようと思っても顔が強張って上手くいかない。中にいた数人の男達がザワザワし始めた。

「やあ、どうしたの？」

杉本が、あの八ヶ岳で会った支配人の杉本が声をかけてきたのだった。

「君もお見合いパーティ？」

「え、ええ」

「そうか。永井の奴がっかりするな」

「は、はあ」

まさか「あなたのあとをつけてきた」とは言えなかった。

やっと解放されてパーティ会場に入れた奈津子は、ガヤガヤと受付で順番を待っている大勢の男女の中で、番号札を握り締めタツヤの姿を探した。やっぱりなんか心細い。『じゃあ、あとで』とさっき別れたばかりだ。そしてやっと会場に入ってからは、人の多さに驚いた。全国から集まっているのだ。

(これじゃとてもタツヤは探せない)

奈津子は女の集団を探した。しかし、どれもその中心にいるのはタツヤではなく別の男だ。

タツヤは探せなかったが、一人、奈津子が来るのを待っていた男がいた。

「奈津子」

奈津子は驚いて声も出ない。

女達に囲まれて嬉しそうな翼が向こうからやって来る。

「よう」

「よう。じゃないわよ。なんであなたがここにいるのよ」

「なんでって、僕も登録したんだ」

と翼は嬉しそうである。

「何考えてんのよ」

やがてメイン会場の照明が落とされた。さっきまで会話が弾んでいた者達は、一斉に身体をくっつけてチークダンスを踊り出す。

「奈津子」

翼は奈津子が持っていたグラスと自分のグラスを近くのテーブルに置いた。そして、真ん中まで奈津子を引っ張っていくと、楽しそうにチークを踊り出したのである。

「ほら、奈津子も楽しそうにして」

「ええ」

何もど真ん中で踊ることはないと思うけど。

「ほら、あそこを見て」

「えっ」

「僕の後ろに見える赤いワンピースの女と踊っている男だよ」

奈津子は思わず「あっ」と声を上げそうになった。スタッフルームで杉本と話していた男だった。

「あの男がどうしたの？」

「それから、その向こうの男と、僕の反対側の男」

みんな、さっきスタッフルームで話していた男だ。奈津子はふと、タツヤの言った言葉を思い出していた。「僕はマリッジリングの回し者だからね」。タツヤもこの人達の仲間なのだろうか。

「裏に大きな組織が動いていることは間違いないな」

やがてチークタイムが終わって照明が点けられた。

それを機に料理を運ぶシェフ達が、一斉に大きな器を抱えて入ってくる。

「いつまで触ってんのよ。行くわよ」

「行くってどこへ」

二人の後ろ姿を数人の男の目が追っていた。

「待てよ。まだ料理食ってないよ」

翼はせっかくのご馳走を食べ損ねたと、ブツブツ文句を言っている。

「何?　どこ行くんだよ」

翼は大股で歩いて、やっと奈津子に追いついた。奈津子はあることに気づいたのだ。

（杉本さんが危ない。だってこわそうなお兄さん達に囲まれていたもの）

「速く、こっちよ」

奈津子はいったん外へ出て杉本が監禁されているかもしれないその部屋へと急いだ。

「そうっとよ。静かによ」

奈津子は足音を忍ばせた。

「待て、俺が先に行く」

翼は奈津子の前に出て勢いよく扉を開け放した。

「ど、どうしたんです?」

奥にいた数人の男達が慌てて何かを隠した。

「す、杉本さんはどこ?」

奈津子は、自分が思っていたよりも中にいた人数が多かったことと、いかにもといった怖そうなお兄さん達に囲まれたことで、足が震えた。

「ああ、杉本なら帰りましたよ」

「そうですか。ど、どうも失礼しました」

翼は奈津子の手を引っ張ってそそくさと逃げるように部屋をあとにした。奈津子は足がもつれてうまく走れない。

「どうしてあそこで諦めちゃうのよ」

奈津子はすぐに引き下がった翼に対して文句を言った。

「あの奥にもう一つ部屋があったでしょ。杉本さん、きっとそこに監禁されているのよ」

「なんで監禁なんだ?」

「女の勘よ」

奈津子は威張って言った。

「奈津子の勘ほど当てにならない物がこの世の中にあるか?」

「失礼ね。さっき杉本さんに会った時、何か様子がおかしかったもん。それに、あの連中は何? いかにもあちらの組織の方々って感じじゃない」

翼は、「確かにそれはそうだけど」と言ってから、

「それにしても、本当に君は無鉄砲で怖い物知らずなんだなあ」

と今さらのように言った。

「毎日刺激があっていいでしょ」

翼はプッと吹き出した。

「さっき震えていたくせに」

「ねえ、何か食べていかない。お腹減っちゃった」

「俺だって」

翼は奈津子の顔をチラッと見て、「僕だって」と言い直した。

「僕だって、三万も払ったのにシャンパンを一杯飲んだだけだよ」

奈津子と翼は近くの居酒屋でビールと簡単な食事をした。そして、お互いに仕入れた情報を交換し合った。どうやら先にパーティ会場に着いた翼は何人かの女性から話

を聞き出せたらしい。翼の情報によると、二カ月に一回の大パーティには、いつも怖そうなお兄さんが数人いるという。

「でも変なのよね」

とその彼女は言った。

「何が変なの？」

と翼がきくと、

「だって、いつもだいたい同じ女の人がどこかへ連れていかれるのよ」

「どこへ連れていかれるのかなあ」

さらに翼がきくと、

「実は一度だけあとをつけたことがあるのよ」

どうやらその場所は、今日二人が行ったスタッフルームらしいのだ。

「ふうん」

奈津子はそう言ってから「やっぱりね」とほくそ笑んだ。

「やっぱりあの部屋怪しい」

奈津子はいきなり立ち上がった。

「どこ行くの？」

翼はまだ何かを頬張っている。

「もう一度行ってくる」

「あ、そ。頑張って」

もちろん一緒に行ってくれると思っていた奈津子は、翼の素っ気ない態度に拍子抜けした。

「一緒に行ってくれないの」

「これから行くところがある」

そして、翼は時計を見ると、「じゃあな」とタクシーを拾い、さっさと行ってしまった。


「何よ。薄情者」

独り残された奈津子は、仕方なくトボトボと駅までの道を歩いた。

「翼の馬鹿」

奈津子は独りでブツブツ言いながら、のんびりと七、八分歩いた。駅に降りる階段の前に、一人の男が黙って立ったたままこちらを向いて手を挙げている。奈津子は変なことに巻き込まれるのはごめんだと、下を向いたまま階段を降りようとした。

「無視するの？」

奈津子は足を留めて顔を上げた。

「あなた、こんなところで何してるの？」

ビシッとスーツで決めたタツヤが立っていた。でもなぜか靴は汚れていた。タツヤらしくないと思ったが、そんな小さなことは気にしないのが奈津子のいいところだった。

「何やってたのよ」

奈津子はタツヤに言われるままに並んで歩いた。今日はやけに星が綺麗で奈津子はしばらく立ち止まって空を見上げた。

「パーティには出ないの？」

「ああ、今日は気分じゃない」

「じゃあ、どういう気分？　分かった。仕事が上手くいかなかったのね」

タツヤは何も言ってはいないのに、奈津子は勝手に同情した。歩きながらタツヤは奈津子の肩に腕を回した。

「な、何すんのよ。勘違いしないでよね。私はタツヤみたいな軽い男はタイプじゃないんだから」

いつもならとっくに奈津子の平手が飛んでいるところだったが、奈津子の腕はタツヤにガシッと掴まれていた。

「いいから黙って」

タツヤはますます腕を引き寄せる。

「いいか、僕が合図をしたら」

「だいたいあなたみたいなチャラチャラした男に、ろくな男はいないのよ。私はもっと真面目な……」

奈津子はタツヤの言うことなど何も聞いてはいない。

「いいから黙って」

今度は少し大きな声で言う。

「僕が合図をしたら思いきり走るんだ」

大きな交差点に差しかかった。もうすでに歩行者用の信号が点滅を始めている。

「走れ！」

タツヤは奈津子の手を引っ張って全速力で走った。信号機は赤に変わり車が走り出す。数メートル後ろから歩いていた二人の男達が、悔しそうに地団駄を踏んでいるのが見えた。

「あの男達何者かしら。私をつけてきたのかしら。それとも、あなたを？」

奈津子はまだ息をハアハアさせている。

タツヤはすぐにタクシーを拾い先に奈津子を乗せた。

「食事はもう済んでいるね」

タツヤはそう言うと、振り返って後ろを見た。

「次の信号を渡ったところで降ろしてくれ」

そして、別のタクシーに乗り換えた。車は何度も右折左折をくり返し、人通りも少ない細い通りで停まった。方向音痴の奈津子は、自分がどこにいるのかさっぱり分からなかった。

「さあ入って。ここなら大丈夫だ」

タツヤに促されるまま地下へ下りるバーの扉を開けた。

奈津子とタツヤは何も言わずお互いのグラスを合わせると、静かに奈津子はカクテルを、タツヤはビールを飲んだ。

「そういえば」

奈津子が一杯目のカクテルを飲み干し、お代わりが来るまでの間に話し始める。

「今日、マリッジリングのパーティでね」

奈津子は、スタッフルームで杉本を見かけたことや、そこに強面のお兄さんがいたこと、そして、そのお兄さん達がパーティで踊っていたことなどを話した。

「杉本さんが監禁されてて、私達助けに行ったのよ」

「私達？」

タツヤは、奈津子が「私」ではなく、「私達」と複数形で言ったことに興味を示した。

「そう、翼と行ったの」

「ふうん。それで？」

「それでってて？……」

「本当に杉本さん監禁されてたの？」

「さあ、私達が行った時には、もう逃げたあとだったから」

そこで奈津子は新しいカクテルに口をつける。

「でもね何か変なのよ。上手く言えないんだけど」

「ふうん」

そこでタツヤの携帯電話が胸のポケットで震えた。

「ちょっとごめん」

タツヤは小声で何かを話すと「分かった」と電話を切った。五分後、タツヤは「ちょっと待ってて」と席を立ち、店の外へ出ていった。奈津子はその間に洗面所に行こうと、バッグを持ってその方向へ歩いた。洗面所は入口の扉の前を通らないと行けない。奈津子は扉の前を通る時、チラッとその方向を見た。タツヤが一見チンピラ風の男に、何か封筒を渡しているところが見えた。

奈津子が化粧を直して元の席に戻った時には、すでにタツヤはビールを飲んでいた。

（タツヤは誰かに揺すられているんだわ）

直観的に奈津子はそう感じた。

その頃、翼は堀井に会うため待ち合わせの場所へ急いでいた。

待ち合わせの場所には堀井はまだ来ておらず、翼はビールを注文すると、〝フー〟と溜息をついた。堀井を待っている間、翼はここ数ヵ月のことや入社してからのことなどを思い出していた。ミスばかりして、しょっちゅう課長に怒られても、全然メゲない奈津子を最初は嫌な奴だと思っていた。それがいつの間にか忘れられない人になっていた。入社式の日、お互いに驚いた真緒との再会……。

「遅れて悪い。急な用事ができちゃって」

堀井は遅れた言いわけをした。

「相変わらず忙しそうだな」

「ああ、毎日のように事件は起こる」

堀井の前にビールのジョッキが置かれた。

「お疲れ」

カチンとグラスを合わせる音がした。

「犯人の目星はついているのか?」

「ああ、まあな」

「誰だ?」

「そんなことは言えないよ」

「いいじゃないか。教えろよ」

「犯人は教えられないが、一つヒントをやろう」

「なんだ?」

「実はな」

堀井は翼に側へ寄るように言って、小声で話した。

「永井良介がずっと行方不明だ」

「また、海外にでも行っているんじゃないかあ」

「いや、出国手続きはしていない」

「てことは、まだ日本のどこかに」

「ああ、たぶんな」

と言ってから、

「それより奈津子さんとはどうなってるんだ？　なかなかいい娘じゃないか。さっさとなんとかしないと誰かに奪われちゃうぞ」

「僕もなんとかしたいんだけど、何考えてんだか分からん女だからな。少なくともこの事件が解決しないことには何も始まらないよ」

堀井は「まあそうだけど」と言いながらも、

「彼女みたいな女性はしっかりと捕まえておかないと、誰かに浚《さら》われちゃうぞ」

と笑いながら言って、何か肴を頼んだ。

「ああ」

翼は曖昧な返事をした。

「人のことより自分はどうなんだ？　親父さん早く安心させてやったらどうなんだよ」

堀井はやぶへびだったかなと思いながら、苦いビールを旨そうに飲んだ。

「僕は奈津子さんでもいいぞ」

堀井が言ったので翼は慌ててビールを零した。

「冗談だよ」

「彼女は刑事の妻には向かん」

「ごもっとも」

二人で笑った。

「でももし、僕が刑事じゃなかったら、結婚してもいいかな。きっと家の中が明るくて、帰るのが楽しみになるだろうな」

翼の頭の中に料理を作って「お帰りなさい」と待っていてくれた時の奈津子の姿が浮かぶ。

「なんだお前、ニヤニヤして」

「い、いや別になんでもない」

「それに比べて真緒さんは可哀相だったな」

「ああ」

ホントにそうだと翼が暗い表情を見せる。

「真緒のことを思うと胸が痛むよ」

「真緒さんとなんかあったのか?」

「ん、いや」

翼が言った。その時、堀井の携帯電話が鳴って、堀井はビールを持つ手を止めた。

「はい、分かりました。すぐ行きます」

「また事件か?」

「犯人が自殺した」

堀井は携帯電話を上着の内ポケットへ入れた。

「一緒に行っていいか。いや、一緒に行く」

堀井は何も言わずに頷いた。二人は急いでタクシーを拾って現場へ向かった。

「堀井、犯人は誰なんだ」

翼は聞かずにはいられなかった。

「……」

「じゃ、これだけは答えてくれ。僕の知っている人物か?」

「ああ……」

道路は工事中で片側通行になっているため、なかなか先に進まない。

「岩田部長！　どうしてあなたが」

翼はビルの屋上から投身自殺したと思われるその男の側へ駆け寄った。救急車は来たがほとんど即死状態で、あたりには人だかりができていた。

「信じられない。なぜ岩田部長が？」

翼はまるで放心状態だ。堀井は慣れた動作で人だかりの整理をし、目撃者の聞き込みを始めた。

「そうだ。奈津子、奈津子に知らせなくちゃ」

翼は急いで自宅の番号に電話をかけた。もうとっくに奈津子は帰っていてもいい頃だが繋がらない。仕方なく、今度は奈津子の携帯電話に電話をしたがやはり繋がらなかった。奈津子はタツヤから携帯電話を返してもらった時に、電源をオフにしたのだ。別にそのことには特別な意味はなかったのだが。

（あいつ、何やってんだ。こんな時に）

翼はイライラしながら、携帯電話をポケットにしまった。

「ねえ」

奈津子はピーナッツを摘みながらも、さっきの男のことが気になってしょうがない。

「ん、何？」

「あ、雨、降ってなかった？」

「降ってるわけないだろ」

「そ、そうだよね」

ハハハッと奈津子は笑ってみせたが、タツヤの方は腑に落ちない様子で首を傾げている。

「大丈夫か。このカクテル、特に変なもん入っていないはずだけど」

そう言って、タツヤは奈津子の前に置いてあったグラスの底に残っていたカクテルを飲み干した。そして、僕はやっぱりビールの方が好きだなとビールを飲んだ。

「大沢くんとはどうなの？」

「どうって？」

「付き合っているんだろ？」

「う〜ん。付き合っているってことになるのかな」

「だって、一緒に住んでいるんだろ」

奈津子はチラッとタツヤを見た。

「なんで知ってんのよ」

少し酔いが回ってきたらしい。

「言っときますけど、これには事情があるのよ。ねえ、それより真緒のことなんだけど」

タツヤはビールを飲みながら、身体だけ奈津子の方に向けた。

「真緒、何か言ってなかった？」

「何かって、例えば？」

タツヤはグラスをテーブルに戻した。

「誰かに狙われているとか、何か変なことがあったとか……」

タツヤは困った顔になった。

「別に何も」

「じゃあ、どんな話してたの？」

「どんなって……そうだなあ、初恋の人の話とか」

「えっ」

奈津子は驚いて声を出した。奈津子がいくら聞いても真緒はそんな話したことないのに、どうしてタツヤにそんな話したんだろう。

「それでなんだって？」

「真緒は小さい頃近所にいた男の子のことがすごく好きで、いつもくっついて歩いてたそうだ」

「ふうん。どんな男の子だったのかしら」

「そう言えば空手の有段者とか言ってたなあ」

「なあんだ。じゃあ、真緒が空手を好きなのは翼が空手の有段者で、初恋の人と重なるからだわ」

奈津子はいつものように勝手に決めつけている。

「それにしても」

奈津子はそれがどんな男であるかよりも、親友の自分に言えないようなことを、タツヤには話していたことに納得がいかなかった。

「ごめん。ちょっと待ってて」

奈津子が三杯目のカクテルを飲み始めた時だ。マナーモードにしてあったタツヤの携帯電話が震えた。タツヤはすぐに席を立って邪魔にならないよう通路のはじっこで電話を取った。そして、「分かった」とだけ言った。

「出よう」

席に戻ったタツヤはすぐに支払いを済ませ、せき立てるように奈津子の手を引っ張った。車を拾い奈津子を先に乗せると、あとから自分も乗った。

「どこへ行くの？」

奈津子は、運転手にそっと行き先を告げたタツヤの顔を覗き込むように見詰めた。

やがて車は人だかりのする脇をゆっくりと通りすぎようとしていた。

「新しいワインが入った……」

言いかけたタツヤを遮るように、奈津子が急に口を挟んだ。

「車を停めて」

奈津子は大勢の人だかりの中に見知った顔を見つけたのだ。急ブレーキの音とともに車はストップした。奈津子は慌てて車を降りると人込みの中をかき分けた。

「奈津子！」

驚いたのは翼の方だ。

「どうしてここに？」

「あなたこそどうして？」

そして、奈津子は今まさに担架に乗せられていく物体の方に目をやった。

「奈津子、落ち着け。岩田部長が自殺した」

「岩田部長が？」

変わり果てた姿に、奈津子は身体中の力が抜けてその場に倒れ込んだが、その身体を支えたのは翼ではなくタツヤだった。

「大丈夫?」

タツヤが言い終わらないうちに、翼はタツヤからもぎ取るように奈津子の身体を引き寄せた。

「遺書があったそうだ」

翼は奈津子を堀井の元に連れていき、何か話してからタクシーに乗せ、アパートへ帰った。タクシーに乗る時タツヤの姿を探したが、すでにタツヤはその場を立ち去っていた。

「あいつ、なんなんだ」

帰るなり翼は言った。奈津子の頭の中は混乱していて、翼の言うことなんか耳に入ってはいない。

「奈津子」

翼は怒鳴った。

「奈津子!」

翼はもう一度大きな声を出した。

「え、何？」

奈津子は初めて翼の顔を見た。いや、翼は帰ってから初めて奈津子の顔を見たと言うべきかもしれない。

「奈津子、ごめん」

「なぜ謝るの？」

奈津子の顔には、そうと分かるほどの動揺が見て取れた。

「君がまだ岩田部長を想っていたとは。岩田部長とのことはもうとっくに終わったことだと思っていたから」

「違うわ。確かに岩田部長とはそういう時期もあったけど、今はもうなんとも思ってはいない。でも、死んだとなると話は別だわ」

「そうだね」

翼は一時の感情でタツヤに嫉妬した自分を恥じた。奈津子は頭の中が真っ白で思考回路が止まったままだ。昔愛した男が死んだというのに、それほど悲しいと感じてはいない。涙も出ない。この数日に何人もの死を目の当たりにしてきたせいかもしれなかった。

「福岡支社へ行った時、優子が言ってた。二年くらい前に岩田部長が一度来たことがあって、それから中森の様子が変わったって」

「それって、どういうこと?」

「さあ、でも岩田部長は会社の金をそうとう使い込んでいたらしいから、そのことと何か関係があるのかも」

「そう」

奈津子の目は虚ろで焦点が定まっていない。翼は奈津子の肩をそっと抱いてベッドのへりに寄りかかった。二人は黙ったまましばらくの間ただジッと座っていた。

「岩田の指紋が殺人犯の指紋と一致した」

翼の元にその連絡が入ったのは、それから間もなくのことだった。奈津子の部屋にあった指紋も岩田の物だったのだ。


一方、タツヤも都内にある自宅マンションに戻った。オートロックのエントランスで、暗証番号をプッシュすると自動ドアが開閉する。十階建ての八階に位置するその部屋は、いかにも男の独り暮らしを思わせた。大きなベッドが一つと壁に沿ってＡＶ機器が置かれている。その反対側にはパソコンが置かれ、その周りには無造作に本や書類が散らばっていた。シャワーを浴びて濡れたままの髪を拭きながら、タツヤは留守電に入っていたいくつかのメッセージを聴いていた。タツヤはそのうちの一件に電話を入れた。

「あ、待ってましたよ。この前依頼された大沢翼って人のことだけど……それから永井良介、彼も……」

電話の向こうの男はテキパキと用件だけを伝える。

「ああ、分かった。ありがとう。それから、もう一人調べてもらいたい人がいるんだが、ああ、分かっている。報酬ははずむよ。それじゃあ、いつものように」

タツヤは受話器を置いた。そこにいるタツヤと名乗る人物は、奈津子の知っているタツヤとは大きくかけ離れていた。


「私、帰るわ」

奈津子は荷物をまとめてバッグに詰めた。

「犯人が亡くなったんだし、もうここにいる理由はないもの」

奈津子はボストンバッグを持って立ち上がった。だが、一歩も前に進めない。翼が前に立ちはだかっていたからだ。

「帰るなよ」

ポツリと言った
翼は無理やり奈津子からボストンバッグを取り上げようとした。

「独りになりたいの」

「待てよ」

翼が力任せに奈津子の身体を壁に押しつけた。その拍子に奈津子の手からボストンバッグが落ちる。

「なあ、このまま一緒に暮らさないか」

(何馬鹿なこと言ってんのよ)

言おうとして見上げた翼の顔が、妙に本気で、奈津子は言葉を失った。翼の顔が奈津子の顔に近づいてくる。

「ごめん」

奈津子は顔を背けた。翼が両方の腕を抑え、無理やり奈津子の唇を奪おうともがく。奈津子は必死に抵抗した。どんなに抵抗しても、翼が本気になったら奈津子など一瞬のうちにねじ伏せてしまうことを奈津子は知っていた。

ピンポーン。

いきなり玄関チャイムの音が鳴って現実に引き戻される。

「はい」

奈津子はスルリと翼の腕を抜け玄関に向かった。翼は絶望にうなだれ壁を叩いた。

「どなたですか？」

奈津子は扉を開けた。

そこにはルンルン気分の土田ゆかりが立っていた。

「ど、どうして橘先輩がここにいるんですか？」

驚いたゆかりの目が点になっている。

「ま、まさか一緒に住んでいるの？　嘘でしょ。やだあ、そんなあ。ひどいよ」

と甘ったるい声を出した。

「ち、違うのよ。これには深いわけが」

奈津子は涙を潤ませて帰ろうとするゆかりを、なんとか引き止めて座らせた。このまま帰したら明日はもう会社中の噂になっているところだ。

「とにかく落ち着いて」

慌てているのはむしろ奈津子の方だった。

翼はというと、傍観者のように二人の様子を見ているだけだった。仕方なく、奈津子は今までの状況を簡単にゆかりに話した。

「へえ、大変だったんですね」

ゆかりは素直に奈津子に同情した。

「そんなことなら言ってくれればよかったのに。今日からうちに泊まって下さい」

「ありがとう。でもそれには及ばないわ。もう犯人が分かったの。だからこれから帰るところだったのよ」

奈津子はフーッとため息をついた。

「それより、ゆかりは何しに来たの？」

今まで黙っていた翼が口を開いた。

「わ、私は、そうだ。岩田部長が今日自殺したんです。そのことを知らせに」

「そう」

慌てた様子で話すゆかりとは対照的に、奈津子は言った。

「もしかして、もう知ってました？」

翼は奈津子の替わりにコクンと頷いた。

（わざわざ来なくても電話で済むのに）

奈津子はそう思ったが、口に出しては言わなかった。

「もしかしてだけど」

何を思ったのかゆかりは恐る恐る声を出した。

「もしかしてだけど、その犯人って岩田部長？」

奈津子も翼もそれには答えなかったけれど、ゆかりの方はそれと察していそいそと帰って行った。しかも送っていこうかと言う翼の好意を断ってである。奈津子はゆかりに話したことをすぐに後悔した。

ゆかりは帰り際、

「そうだ、橘先輩に荷物が届いていましたよ」

と言うなり、スキップでもしそうな勢いで帰って行った。奈津子は拍子抜けしたかのように立ったまま、ゆかりの後ろ姿を見送った。

「あの様子じゃ、明日の朝は会社中、岩田部長の話で持ちきりね」

「ああ、そうだな」

奈津子は無理に笑顔を作った。また二人でベッドのへりに凭《もた》れて座った。

「翼って空手やってたんだよね」

「なんだよ、いきなり」

「特に変わったところはなさそうね」

翼の手は自分の手と比べて、大きさ以外はたいして変わらない。

「当たり前だろ」

「でも、少しゴツゴツしてる」

「そうかあ、もう何年もやってないからな」

「胸も思っていたより、ずっと厚くてがっしりりしているわ」

「いつ見たんだ?」

「何言ってんのよ。風呂上がりはいつも裸で歩き回っているくせに」

「セクシーだろ」

「そうね」

奈津子はフフッと笑った。

「私、翼の声、好きよ」

「声だけ?」

奈津子はまたフフッと笑うと、

「だって翼の声を聞いているとなんだか癒されるもの」

と言いながら、ゆっくりと翼の肩に頭を凭れかけた。

「なんなら、これから毎日、愛してる、愛してる、って囁いてやってもいいぞ」

奈津子は一瞬翼の顔を見てクスッと笑った。

「こうしていると恋人同士みたいなのにな」

翼が独り言のように言った。

(ごめんね。もう少しだけ待って)

奈津子は心の中で呟いた。


「いろいろありがとう。じゃあ」

奈津子の住むマンションの前で翼と別れると、奈津子は誰もいない部屋に「ただいま」を言った。中は暑くて蒸し風呂のようだ。

「やっぱり自分の部屋は落ち着くわ」

奈津子はボストンバッグを置くとベッドに横になった。独りになってみると徐々に悲しみが溢れてくる。岩田は死んだのだ。たとえ誰がなんと言おうと、彼は優しく温かい人だった。殺人や横領などできる人ではない。

(私はまだ彼を愛してたの?)

自問自答を繰り返す。そうではない。奈津子がショックだったのは、運ばれていく岩田の手に握り締められていた物が、交際中、記念にとお揃いで岩田が買ってくれた銀色の小さなイルカの置き物だったからだ。奈津子はそれに穴を開け、しばらくの間ネックレスとして首にかけていた時期もあった。奈津子は岩田とのことをもう終わったものと思っていたが、岩田の方はそうは思っていなかったのかもしれない。

「岩田さん」

奈津子は岩田の名を呼んでみる。

この一週間の間に何人もの人が死に、どれだけの涙を流したことだろうか。奈津子は目を閉じて思い返してみる。笑っている真緒の顔が思い浮かぶ。心を許し、なんでも話し合える仲だと思っていたのに。真緒はどう思っていたのだろうか。そして岩田は、奈津子と別れたあとの岩田は、家族とはうまくいっていなかったのだろうか。

奈津子はテレビをつけた。淋しがり屋の奈津子は、独りでいる時はいつもテレビを点けるかCDを聴いていた。静かだと気が滅入ってしまう。

『八ヶ岳で発見された白骨死体は、十年前に行方不明になっていた林冴子さんと判明しました。次のニュースです……』

「林って……」

もしかしたら……そう思っていると、ちょうどそこへ自宅に置いてある方の電話が鳴った。

「はい。もしもし橘です」

「奈津子、僕だ。携帯の電源入れといてくれよな。何度も電話したんだ。繋がらないんじゃ、持ってる意味ないよ。なんだ、泣いてたの？」

タツヤの声だ。

「いいえ、泣いてなんかないわ。それよりどうしたの？」

奈津子は涙を拭った。

「いや、別に用はないんだけど、ちょっと気になって……。さっき何も言わないで帰っちゃったからさ」

「ありがとう」

奈津子は素直に言った。

「ねえ、今テレビのニュースで、この前八ヶ岳で発見された白骨死体のこと言ってたんだけど、あれってもしかして、真緒のお母さんじゃないの？」

タツヤはそのことには触れず、

「これから会えないかなあ」

と言う。

「うん。私も行きたいところがあるの。付き合ってくれる？」

すぐに答えた。いつまでも感傷に浸っている場合ではなかった。

「いいよ。じゃ、一時間後に迎えにいくよ」

電話を切ってから、奈津子は急いでシャワーを浴びて支度をした。


奈津子を送ってアパートに戻った翼は、急に独りになったことでぽっかりと胸に穴が開いたような孤独感に襲われた。中森も真緒も大事な友達だった。特に真緒には特別な思い入れもあった。翼はキャビネットからアルバムを取り出すと、一枚ずつ捲った。そこには、楽しそうに笑う奈津子や真緒、わざとおどけてみせる中森の姿もあった。そして真緒の手紙を見つけると、それを取り出し開いた。そこには、真緒がどんなに翼を想っていたかが面々と綴られていた。

「真緒……」

翼の頭の中に、熱い想いを告げる真緒の姿が浮かぶ。もっと真緒のことを大事にしてやればよかったと思う。翼はベッドに横たわると、やっとベッドで寝れるなと苦笑し、何日も座布団で眠っていた時の苦しさを振り返った。枕に残る微かな奈津子の残り香が、また奈津子を思い出させ、淋しさを募らせる。

そんな感傷に浸っていた翼を携帯電話の優しいメロディが揺り起こした。翼がそれを手にした時、すでにメロディは消えて、画面いっぱいに文字が刻まれていた。

「やあ」

一時間後、タツヤの乗った車は奈津子の待つマンションの前に到着した。

タツヤの方は数時間前に会った時となんら変わるところはなかった。しかし、奈津子は、岩田部長の自殺現場に偶然のように自分を向かわせたタツヤを訝しく思っていた。

「大変だったね」

「ええ。知り合いだったの」

「君の会社の上司だろ」

奈津子はマジマジとタツヤの顔を見て、

「どうして知っているの？」

と迫った。

「どうして知っているの？　あなた何者？」

奈津子の顔にはもう笑顔はなかった。

「だいたいあなたおかしいわ。あなた誰なの。どうして急にいなくなったり……」

奈津子は、岩田部長の現場に通りかかったのは偶然ではないと考えていたのだ。

「それにあの時の電話は誰なの?」

タツヤは矢継ぎ早に質問してくる奈津子に目を丸くした。

「おいおい、そんなに興奮すると血圧が上がるぞ」

タツヤは店の女性にゆっくりとコーヒーを頼むと、奈津子の方にもう一度向き直って、

「まあ、落ちつけ」

と、水を飲んだ。そして咳払いを一つして続けた。

「僕のことはこの前自己紹介したろ。あの場からいなくなったのは警察はどうも苦手だからだ。それも前に言った。自殺した人が君の上司だとなぜ知っていたかについては、君が岩田部長と呼んでいたから。それからなんだっけ。ああ、電話の相手はこの前一緒に行ったレストランのオーナーで、いいワインが入ったから飲みに来いという電話だ。これで納得したかな」

奈津子は大きく首を横に振った。

「じゃあ、どうすればいいの?」

タツヤは届いたばかりのコーヒーに口をつけた。奈津子は自分に腹が立って涙が出た。岩田部長が亡くなったことがこんなに自分を動揺させていることに腹が立ってい

たのだ。翼の前ではもう過去のことと抑えていた感情が吹き出していた。

「出よう」

一歩店を出ると、奈津子はワアワアと泣き出した。奈津子は岩田が死んだことだけが悲しいのではなかった。もちろんそれも悲しかったが、中森が死に、真緒が死に、そして今度は岩田までが。親しかった者達を次々と亡くしたことで、奈津子は自分でも説明がつかない悲しみに襲われたのだった。翼の前では、岩田のことがあって泣けずに堪えていた涙が、一度に吹き出してしまっていた。

タツヤは何も言わず、何も訊かずにそっと肩を抱いて並んで歩いた。

「私、岩田部長と不倫してたの」

どれくらい泣いたあとだろう。奈津子はやっと落ち着くと口を開いた。

(それなりの経験というのはそういうことか)

タツヤは思ったが何も言わなかった。

「人にはいろんなことがあるもんだよ」

タツヤは優しく言った。

「僕にだって人には言えないことが山のようにある」

奈津子は涙で霞んだ目でタツヤを見た。

「ありがとう。優しいのね」

そして、

「その優しさにみんな騙されるのね」

と言った。

「ひどいな」

そう言うとタツヤはまた笑った。

「岩田部長は人を殺せるような人じゃない」

数分後、奈津子は言った。

「会社のお金を横領していたことだって信じられないのに、人を殺すなんてこと絶対にありっこない」

奈津子はタツヤに訴えるような目をした。

「ああ」

「何も知らないくせに」

「そうだが、でも君が本気で愛した人だろ。信じるよ」

奈津子はコクリと頷いた。

「一つ気がついたことがあるんだけど」

奈津子は言っていいものかどうかと思いながら話し出した。

「岩田さんのことなんだけど」

「彼がどうかした?」

「私の部屋から彼の指紋が出て、それが犯人の決め手になったようなんだけど」

「それが?」

「うん。実はね」

岩田は一ヵ月くらい前に奈津子の部屋を訪れていたのだ。

「じゃあ、指紋はその時に?」

「ええ、たぶん。でも誤解しないでよね。ただ訪ねてきただけだから。翼には言えなくて……」

「目的はなんだったのかなあ」

「それがよく分からなくて」

「何か預からなかった?」

犯人はそれを探すために部屋を物色したのではないかとタツヤは言った。

「何も預かってないわ。だって何も持っていなかったもの」

「その時どんな様子だったの? 思い悩んでいたとか?」

「どんなと言われても……ただ懐かしいって。部長が仙台へ転勤になってから一度も会ってなかったから。でも十分もしないうちに帰っちゃったの。きっとさよならを言いに来たのかもしれないわ」

「ふうん」

それからしばらく二人は黙って歩いた。

タツヤは突然立ち止まり、

「行きたいところがあったんじゃないの？」

奈津子の方を振り返りながら言った。

「ああ、そうなの」

と思い出したように言った。

「彼が、部長が飛び下りた場所へ行きたいの」

タツヤは何も言わず、（しょうがないな）とでもいうように顔をしかめ、車を拾った。

岩田部長が落ちたその場所にはロープが張り巡らされ、数人の警察官が荒らされないためか、立っていた。奈津子とタツヤはソーッと裏口からビルの屋上に上がった。八階建てのビルの屋上から下を見ると足が竦むようだ。もう夜も十時をとっくに過ぎていて、車のライトと周りのビルやマンションからの明かりに照らし出された中で、奈津子はそっと手を合わせた。

「部長、何を思いながらここから飛び下りたんだろう。本当に自分の意思だったんだろうか」

などと思っていると、

「誰だ、そこにいるのは」

いきなり懐中電灯の灯に照らされた。奈津子は驚きと恐ろしさにタツヤに駆け寄った。数人の男達に二人は抵抗する間もなくあっと言う間に連れ去られた。

車を降り署の中へ入るまでの間、奈津子は不安で堪らなかった。

(どうしよう。もしもタツヤが……。きっとそうだ。だからタツヤは警察が苦手なんだ)

奈津子の脳裏をいろんな思いが一気に駆け巡った。

(タツヤが帰れなくなったら……。どうしよう。みんな私のせいだ)

奈津子は自分のことしか考えられないでいた自分自身に腹が立った。そして、タツヤに申しわけない気持ちでいっぱいになった。

もう一台のパトカーが警察の前に停まり、数人の刑事とともにタツヤが降りてくる

のが見える。奈津子は両サイドにいた刑事を振り払い、タツヤに駆け寄った。そして、何を思ったのか、

「ごめんなさい。私のせいで……あなたがもし刑務所に入るようなことになったら、私毎日面会に行くわ」

と叫んだ。

奈津子はすぐにタツヤの脇にいた刑事に引き離されたが、自分がとんでもなく重大なことを口走っていることになどまったく気づいてはいない。そしてさらに続けた。

「彼は全然関係ないの。私が頼んで一緒についてきてもらっただけなの。だから、彼は関係ない。みんな私のせいなの……」

奈津子の目から涙が零れてタツヤの足元へ落ちた。

(大丈夫だ。心配ない)

とでも言うように、タツヤは優しい笑顔を奈津子に向けたが、心なしかタツヤの身体はうなだれているように思えた。

「話の続きは中で訊こう」

刑事の声が冷たく響いた。

# 四

「岩田を突き落としたのはお前か」

タツヤと奈津子は別々の部屋に通された。取調室というやつだ。

「突き落とされたって、やっぱり自殺じゃなかったのね」

刑事達は（フン、お前らが殺しておいて）とでも言わんばかりの態度だ。

「犯人は必ず現場に戻る。やっぱり俺の勘が当たったな」

高橋刑事は嬉しそうに言う。

「どうなんだ。お前か。それともあいつか」

いきなりもう一人の刑事がすご味を利かせた声で怒鳴った。

「お前は被害者と不倫してたそうじゃないか。どうなんだ」

「どうして知っているの？」

と言う奈津子の問いには答えずに、

「日本の警察は優秀なんだよ」

と言った。

一方、タツヤは「まあ座れ」と椅子に誘導された。

「名前は？」

タツヤは何も答えない。

「黙っていても調べればすぐに分かるんだぞ。黙秘権か。まあいい」

刑事はタツヤに煙草を勧めた。タツヤはそこから一本取り出すと口にくわえた。

「なぜ殺した」

いきなり犯人扱いだ。

「殺したんだろ。あの女のせいか」

女のために人殺しをする男を何人も見てきたと、刑事は同情的な口調になる。

「殺してないよ」

タツヤは呆れたように反論するが、もうとうに刑事達はタツヤを犯人と決めつけている。（奈津子があんなこと言うから）。タツヤは参ったなとでもいうように頭を掻いた。

「お袋さんが泣くぞ」

刑事はタツヤのくわえている煙草に火を点けながら言う。タツヤはその刑事に向かって大きく煙を吐いた。

「早く全部吐いて楽になれ」

別の刑事が言った。

「僕は何もやってない」

タツヤはもう一度言ったが、取り合ってはもらえない。

そこへ連絡を受けて堀井が駆けつけた。

「まだ自供はしていませんが、ほぼ犯人に間違いありません」

堀井はタツヤを見るなり顔色が変わった。

「小田切……」

堀井はタツヤをそう呼んだ。

「警部補はこいつをご存じなんですか」

「堀井、久しぶりだな」

タツヤも堀井を呼び捨てにした。どうやら二人は古くからの知り合いらしい。

「どうしてここへ」

堀井は呆気にとられた様子で、立ち上がったタツヤの肩に腕を回し、

「何しに来た。いったいなんの真似だ」

と小さな声で言った。

奈津子は喉が乾いていたので出されたお茶を飲みたかったが、(きっとこれで指紋を取るのね)と思って止めた。二時間サスペンスの見すぎだ。

「帰っていいよ」

いきなりドアが開いた。部屋の外にはタツヤが立っていて、来た時とまるで様子が変わっていた。

「いやあ、あの女。いや、彼女が刑務所に毎日面会に行くなんて言うもんですから、てっきり犯人だとばかり。本当に申しわけありませんでした」

そこにいた刑事達が米搗きバッタのように頭を下げる。

奈津子は態度が一変した刑事達のことも、そして、奈津子を犯人呼ばわりした刑事が、掌を返したように奈津子に親切になったことにも納得がいかなかった。

「いったい何があったの?」

奈津子は独り言のように呟いた。

「小田切刑事。頼みますよ。刑事なら刑事と、総理大臣のご子息ならご子息と、先におっしゃって下さいよ」

奈津子はポカンとしていた。

「刑事？　小田切？　総理のご子息？　は？」

まだ事態が飲み込めない奈津子の手を、誰かが思い切り引っ張った。奈津子は引っ張られる方へ倒れ込むようにして警察をあとにした。

「お送りしましょうか」

遠くで聞こえたような気がした。

「どういうことか説明して。あなたは誰なの？」

まるで警察署から逃げるように浚われてきた奈津子の足が止まった。

「ごめん。騙すつもりじゃなかったんだけど」

タツヤはいかにも申しわけないという顔をした。小田切達哉。二十八歳。

「実は……」

タツヤは警視庁の特捜部に所属する本物の刑事だった。

「公務員かもしれないって言ったじゃないか」

「公務員っていったら、区役所の職員かと思うじゃない。それにしても……」

と奈津子は思い出したように笑った。

「何がそんなに可笑しいの。僕が刑事じゃそんなにおかしい？　さっき大泣きしてたのは誰だよ」

タツヤは自分が馬鹿にされたのかと勘違いして怒っている。

「だって、さっきの刑事達の態度。まるでテレビドラマのワンシーンみたいでおかしかったんだもん」

「そうだな」

とタツヤも笑った。

「それにしても、あなたが刑事で、しかも総理大臣の息子だなんてね。人は見かけによらないものね」

「父は関係ないよ。それに、たまたま今総理なだけで、一生やってるわけじゃない」

奈津子はタツヤをしげしげと見つめた。

「な、なんだよ。僕の顔に何か付いてる?」

「どうも変だと思ったのよね。カメラマンなんて言ったって、写真撮ってるとこ見たことないし、それに首からカメラぶら下げてないもん」

奈津子は真顔で言った。

「あのねえ、〝おのぼりさん〟じゃあるまいし、カメラを首にぶら下げているカメラマンなんかいるわけないだろ」

「そっか」

と言って、またケラケラと笑う奈津子を見ながら、（君のような女性を天真爛漫と言うんだろうな）とタツヤは感心したように心の中で呟いた。

タツヤは奈津子のように、泣きたい時には思いきり泣いて、笑いたい時には心から笑えることを羨ましいとさえ感じた。

そしてタツヤは、長沼は母の旧姓で、マリッジリングに書いたプロフィールは特捜部が考えた物だったと答えた。

「どうも、嘘をつくのは苦手でね。ずっと苦しかったよ」

と付け加えた。いくら仕事とはいっても、奈津子のように真っ直ぐに相手の目を見て話す相手には心が痛んだ。

「一つ気になっていることがあるんだけど……」

「ん？　何？」

またとんでもない質問をするのかと身構えたタツヤだったが、

「この前の看護婦さんは、誰だったの」

と、奈津子にしては〝まとも〟なことを訊くじゃないかと思った。

「彼女は……」

タツヤが言いかけたところで、

「あ、いい、いい。聞かなくてもいい。どうせ騙した女の一人でしょ?」

と言った。

「君ねえ、何か勘違いしてない。長沼達也は作られた人物で、僕は仕事上そういう振りをしていただけ。本当の僕はいたって真面目ですよ。ついでに言うと優秀な二人の兄がいるってのも本当さ」

そして、この前の看護婦は母方の祖父が院長をしている病院の本物の看護婦だと言った。

真夜中を過ぎてもまだ新宿の街は大勢の若者で賑わっていた。

「とにかく送っていくよ」

タツヤは車を拾い奈津子のマンションに向かった。

「さあどうぞ」

奈津子はタツヤを部屋へ招き入れた。

「こんな遅くに独り暮らしの女が男を部屋に入れていいのかな」

「どうぞ、小田切刑事。ここなら誰にも話を聞かれる心配はないわ。それに何かされたらすぐに総理官邸へ出向くわ」

タツヤはバツの悪そうな顔をした。奈津子はタツヤに冷たいお茶を勧めると、とにかく喉が渇いていた奈津子はゴクゴクと飲んだ。

「さあ、聞かせてもらいましょうか」

奈津子はこれで体勢は万全と、タツヤの向かい側の椅子に座った。タツヤは身構えた。

「な、何を？」

「捜査状況よ。マリッジリングで何を調べていたの？　まさか結婚詐欺だけじゃないんでしょ」

「まいったな君には。実はね」

タツヤはグラスに注がれた冷茶を一息に飲み干した。

「僕が調べているのは大麻の密輸と売春。そこへ真緒の結婚詐欺だ。どうやらマリッジリングはそうとう大きな組織が裏にあるらしい」

「たいまって、あの大麻？」

「真緒が騙して金を巻き上げた男達は、一文なしになると、東南アジアから連れてきた女と形だけの結婚をさせる」

「じゃあ、その女の人達に売春をさせていたってこと？」

「ああ」

「大麻は？　大麻はどうやって？」

タツヤは話していいものか、迷ったあげく、「その女達が」と続けた。

「密輸ってそんなに簡単にできるものなの？」

「問題はそこなんだ」

奈津子は身を乗り出した。

「どうやら警察内部に協力者がいるようなんだ。今回の捜査はあるところからの依頼で極秘捜査だから、ほんの一部の人間しか知らなかったんだ」

「ごめんなさい」

奈津子は自分のせいでせっかくの極秘捜査をめちゃくちゃにしてしまったと、大きく反省した。

「いや、案外よかったかもしれない。それから岩田さんのことだけど、彼は殺人犯でもないし横領もしてないよ」

「ホント！　よかった。でもどうして？」

「今回のことでも分かるように、岩田さんは自殺じゃない」

「やっぱり。じゃあ誰が？」

「それはまだ言えないけど、会社の金を横領していたのは中森だったんだ。岩田さんは中森に何度も自首をするよう説得してたらしい」

奈津子は翼の言った言葉を思い出していた。

「中森は岩田部長からの電話のあと不機嫌になって……」

「どうして堀井さん、教えてくれなかったんだろう」

奈津子はブツブツと呟いた。タツヤはそれには答えず、一人何かを考えているようだ。そして、一息置くと、

「ところで、なんで僕が刑務所に入るの？」

と、タツヤはずっと気になっていたことを尋ねた。

「えっ、だって、警察は苦手だって言うし、部長の自殺現場から黙っていなくなっちゃうし。それに、それにチンピラみたいな人に揺すられていたでしょ」

「チンピラ、みたい？」

タツヤは思いを巡らせた。

「ほら、地下のバーで」

「ああ。彼が聞いたら泣いて喜ぶだろうな。あれでも元は警察官だった男だ」

今はタツヤの下で情報を集める仕事をしていた。

「だからきっと執行猶予中なんだと思って、きっとこれで執行猶予が取り消されて、

実刑になるんだと思ったの」

だんだんと奈津子の話す声が尻すぼみになる。

「ごめんなさい」

奈津子は大きく頭を下げた。

タツヤは呆れて怒る気にもなれない。

「ついでに一つお願いがあるんだけど」

奈津子は上目遣いにタツヤを見て、君に関わったらろくなことがないよと言われるのを覚悟しながら、「駄目かなあ」と作り笑いをしてみせた。

帰り際、タツヤは真緒の写真を借りたいと言って、アルバムから数枚の写真を持っていった。

翌日の昼過ぎ、奈津子はタツヤとの待ち合わせ場所に少し早く着いた。実は夕べ、タツヤに強引に頼んでおいたのだった。

「お願いがあるんだけど、一緒に捜査に連れていってほしいの」

「そんなことは無理だよ。危険すぎる」

「お願い。邪魔はしないから」

一台の車が奈津子のすぐ脇に停まった。

「早く乗って」

タツヤは運転席から助手席のドアを開けた。

「どこへ行くの？」

車は一路千葉方面に向かった。途中休むこともなく、渋滞もなかったので比較的早く目的の場所に着いた。すでに電話で連絡がしてあったらしく、すぐに目的の人に会うことができた。

「この前はありがとうございました」

奈津子は思わず頭を下げた。タツヤは意外な顔をして、

「知ってるの？」

と、奈津子から借りた真緒の写真を取り出した。

「ええ、前に一度話を訊きに」

真緒のことを話してくれた看護婦だ。

「この人なんですけど……」

タツヤは写真を見せた。だが指差しているのは真緒ではなく翼の顔だ。

「よく見せて下さい」

彼女は眼鏡を掛け直し、明るい方に向けた。

「そうです。翼ちゃんです。まあ、こんなに立派になって」

彼女の目が潤んだ。

「どういうこと？　真緒と翼は昔からの知り合いだったってこと？」

「知り合いも何も。二人は施設で一緒に育ったんですよ」

奈津子はふと五年前の入社式の時のことを思い出す。真緒が翼を見て「あっ」と声をあげたこと。そしてその時の翼の驚いた顔。当時は奈津子自身も新入社員であったため「とにかく失敗しないようにしなきゃ」とそのことばかりが頭にあって、人のことどころではなかったのだ。

「じゃあ、もしかして真緒が好きだった人って、翼なの？」

「ええそうですよ。彼はとても頑張り屋でね。二年間働いて自分で学費を貯めてから国立の大学に行ったんですよ」

（二浪したんじゃなかったんだ）

「翼ちゃんは、真緒ちゃんを守ってやれなかったことをたいそう悔やんで、絶対強くなるんだって空手を始めて、なんかの大会で優勝したとかって聞きましたけど」

と微笑んだ。（翼は真緒のために空手を……）奈津子の脳裏に、翼の部屋のアルバムに挟んであった真緒からの手紙のことが浮かんだ。

そうか。何か引っかかっていたのは、その手紙の文字が子供の字だったからなのだ。

筆跡は確かに真緒に間違いないのだが。

「今回の事件に彼が関係していることは明らかなんだが」

帰りの車の中でタツヤは車を走らせながら呟いた。

「変なこと言わないでよ。それじゃまるで翼が犯人の一人みたいじゃない」

言ってはみたものの、奈津子はそれを完全に否定できないでいた。

「そうは言ってない」

タツヤはずっと正面を見たままだ。

「そうは言ってないが……」

短い沈黙があった。

「そうかもしれないってこと?」

タツヤは、そうだとも、そうじゃないとも言わず、また気づまりな沈黙が流れた。

やがて車は首都高速道路に入った。

「真緒は、永井とは腹違いの兄妹なんだ」

「えっ」

そうか、だから引き取られたんだ。

「でも真緒の旧姓は林よ。養女になったのなら旧姓は永井のはずでしょ？」

「家を出た時、除籍手続きをしている」

真緒が施設から引き取られた時、その家には五つ年上の良介がいた。いきなり見知らぬ女の子を連れてこられても、仲よくなんかできるはずがない。良介は近所でも有名な悪ガキだった。母親の方はもっと悪い。夫が浮気をしてつくった子供など、可愛がれるわけがない。出張ばかりで夫が留守がちなのをいいことに、真緒は食事もほとんど与えられず、まるでメイドのようにこき使われた。そして、気に入らないことがあると継母も良介も真緒に暴力を振るった。

「真緒は一度、泣きながら近所の人に助けを求めたことがあったそうだ」

奈津子はタツヤの方をチラッと見たまま俯いた。

「真冬に裸で外に出されたり、よく怒鳴られている声が聞こえていたらしい」

「ごめんなさい。ごめんなさい。もうしませんから」

九歳の真緒が地面に頭を擦りつけて許しを乞う。それでも継母は真緒を殴ったり蹴ったりした。何も悪いことなどしていないのに。なんだかんだと言っては暴力を振るうのだった。継母の暴力はだんだんとエスカレートして歯止めがきかなくなっていった。たまに父親がいる時だけ、継母も良介も真緒に優しい態度を示した。父親に言いつけたらただじゃ済まさない。そう脅されて、真緒は父親にも友達にも言えずにいた。そんな継母も真緒が中学二年の時に亡くなり、真緒はやっと胸を撫で下ろした。

「嫌よ。お願い。それだけは許して」

「俺に逆らえると思っているのか？」

真緒が高校生になると、嫌がる真緒に良介は無理やり売春を強要した。金はそのほとんどを良介が遊興費にしていた。


「真緒はずっと良介から逃げることばかり考えていたそうだ」

「真緒、ホントに可哀相」

奈津子は潤んだ目で窓の外を見詰めた。

「昨日言っていた八ヶ岳の白骨死体のことなんだけど、……あれは真緒の実のお母さんに間違いない」

「えっ！」

奈津子は一瞬正面を向いたが、「やっぱり」と、また窓の外に目をやった。

「犯人は分かっているの？」

「まだはっきりとしたことは言えないけど……おそらく永井良介だろう」

その時、奈津子の携帯電話が鳴った。驚いた奈津子は携帯電話を落とし、慌ててそれを拾い上げる。

「はい、もしもし」

「奈津子、今どこ？」

翼からだ。

「え、うん。い、今……」

奈津子はタツヤの顔を見た。タツヤは黙って首を横に振った。

「誰かいるの？」

「いないわよ。翼は今どこにいるの？」

「今、お前んとこ向かってるんだ」

奈津子はゴクンと唾を飲み込んだ。

「私はこれから会社に行くところなの。ほ、ほら、ゆかりが昨日、私宛てに荷物が届いているって……」

そこまで言ってから奈津子は〝はっ〟とした。ゆかりが帰り際に言った言葉は、表に出ていた奈津子にしか聞こえていなかったのだ。タツヤはいきなりアクセルを踏んでスピードを上げた。翼が犯人なら、きっと先に行ってその荷物を奪うに違いない。電話を切ると、タツヤはすぐそのことを仲間の刑事に知らせた。

「間に合えばいいが」

こんな時に限って、前の車のフラッシャーが見える。その先は車が繋がっている。渋滞だ。タツヤは悔しそうにハンドルを叩く。

「どうしてそんな大事なこと、もっと早く言わないんだ」

タツヤの怒鳴る声を初めて聞いた。

「ごめんなさい」

奈津子はすっかりしょんぼりと意気消沈している。タツヤはもう一度どこかへ電話を入れ「とにかく急いでくれ」と言った。奈津子は奈津子で、会社に電話をして、自分宛ての荷物を翼には渡さないように頼んだ。

「えっ、もう持っていった?」

奈津子とタツヤは顔を見合わせた。

「誰が?」

「さっき警察の者だという人が来て」

「そう、ありがとう」

奈津子はフゥーとため息をついた。

「間に合ったのね」

しかし、それも束の間、警察の人間は誰も受け取ってはいないと言うのだ。車が会社に着いたのはそれから一時間も過ぎた頃だった。もちろん荷物はもう消えていた。

「ねえ、差出人は誰だったか覚えてないかしら」

奈津子は傍にいた土田ゆかりに聞いてみた。

「さあ、そういえばどこかに控えがあったかも」

引出しをゴソゴソ探すゆかりにタツヤが言った。

「荷物を持っていったのは本物の刑事だったのかなあ」

「ちゃんと警察手帳を持ってましたよ」

「その刑事ってどんな人だったか覚えてる?」

「ええ、歳は三十前後で、めがねをかけていてスラッとしたカッコイイ人だったわ。あなたにはちょっと負けるかな」

とタツヤの方をチラッと見て微笑んだ。

「あった。これだわ」

ゆかりは控えを見つけ出すと、奈津子にではなくタツヤに渡した。タツヤは急いでそれを受け取ると、奈津子の手を引っ張って車に乗せた。

「堀井さん？　堀井さんなの？」

「ああ」

タツヤは短く答えた。

「どうして堀井さんが？」

タツヤはさっき受け取った紙を奈津子に渡すと車のエンジンをかけた。

「僕の父が官房副長官だった時、堀井の親父は警視庁のナンバー2だった。今から八年くらい前のことだ。堀井の父はトップになれなかった。そこで息子に夢を託した。堀井にはそれがすごく重荷だったんだと思うよ。まあそんな関係で、父が僕に内密に調査を依頼してきたってわけさ」

ふうん。と奈津子は半分上の空で聞きながら、目は渡された荷物の控えを見ていた。

「こんな人知らないわ」

確かに受取人は橘奈津子になっていたが、差出人にはまったく心当たりがなかった。

「よく思い出して」

「そんなこと言われても」

奈津子は書かれている文字をジッと見詰めた。

「住所が京都になっているわ。京都には知り合いはいないはずだけど……」

しかし次の瞬間、奈津子はあっと声を出した。

「どうした」

タツヤも奈津子の目が注がれている方を見る。

「どうして気がつかなかったんだろう」

奈津子の頭に岩田の手に握られていたイルカの置き物が浮かぶ。

「岩田部長が亡くなった時に、イルカの置き物を握り締めていたの。同じ物を私も持っているんだけど、あれは京都に行った時に彼が買ってくれた物なの」

そう思って見ると筆跡に見覚えがあった。

「岩田さん。岩田部長の字だわ。イルカはダイイングメッセージだったんだわ」

「間違いないか」

タツヤは言いながら車を急発進させた。

奈津子はしっかりと頷いた。

「岩田は自分が殺されることを感じて、君に何か犯人の証拠になるような物を送ったんだと思う」

「それなのに私ったら、その日から休暇なんか取っちゃって」

「おそらく直接渡そうと思って部屋を訪ねたが、それでは君に危険が及ぶ。そう思って名前を変えて会社宛てに送ったんだ。君の部屋が荒らされていたのが何よりの証拠だ」

私が休暇なんか取っていなければと奈津子は悔やんだ。

「どこへ向かっているの？」

タツヤは猛スピードで車を走らせる。

「しっかり掴まって」

信号は黄色から赤に変わろうとしているのに、タツヤはスピードを落とすことなく突っ切った。

「違反じゃないの？」

「しばらく目を瞑っていてくれ」

「目なんか瞑ったら余計怖いわ」

車は急ブレーキで道路の脇に停まった。

「君はここで降りてくれ。すぐそこに駅がある。あとは独りで帰れるだろ」

「さあ、急いで」

タツヤは座ったまま助手席のドアを開けた。

「嫌よ」

奈津子はキッとタツヤを睨んだ。

「私も行くわ」

「これは遊びじゃないんだ。危険なんだぞ。命が危ないんだ。分かってるのか」

タツヤはため息をついた。そして、腕時計に目をやった。そして、仕方がないとでも言うように車をUターンさせた。

「見かけによらず頑固なんだな」

「みんなそう言う」

タツヤは（褒めたつもりじゃないんだけどな）と笑った。

「僕の携帯にメールが入ったんだ。堀井に逮捕状が出た」

奈津子は神妙な面持ちで頷いた。そうだ、これは遊びじゃない。

車は静かにどこかの工事現場のようなところで停まった。マンションが建つはずだったものが、資金が立ち行かなくなったため、途中で中断されたまま、といった感じだ。

「君はここに隠れていて。いいか、絶対に出てきちゃ駄目だぞ。返事は？」

「はい」

タツヤはよしっと独り納得して、奈津子を残し小走りに走った。独りぼっちになった奈津子は心細くなり、そっとあたりを見回した。足元に煙草の吸殻や空き缶が転がっている。おそらく、工事をしている時に現場の人達が飲んだ物だろう。その奥には工事に使ったと思われる鉄の棒や、使いかけのコンクリートの袋が置き去りにされたまま錆びて転がっていた。奈津子はキョロキョロとあたりを見回した。誰もいる気配はない。奈津子はタツヤとの約束も忘れだんだんと先へと進む。そこにも雨や泥で破れたビニールシートが乱雑に広げられていた。さらにしばらく行くと、誰かの話し声が聞こえてきた。思わず奈津子はビニールシートの影に身を隠した。奈津子の場所からははっきりと内容までは聞くことができない。だが、甲高い女の声が混じっている。どうやら犯人の中に女性がいるようだ。しかもそうとう興奮している。奈津子はしゃがんだまま、ソーッと目を凝らして声のする方向を見つめた。

「ま、お?」

驚いた奈津子は転がっていた鉄の棒に躓《つまず》いて小さな悲鳴を上げた。

「キャッ」

しかし、その声は意外に大きな声となってコンクリートの床に響いた。

「誰、誰かいるの？」

そこには死んだはずの真緒の姿があった。

「真緒、どうして？　生きていたのね」

そこにいた者達が全員奈津子に目を注いだ。

「奈津子」

真緒は驚いた目で呟いた。

「奈津子？」

そう呟いたのは杉本だ。八ヶ岳の支配人の杉本。

そして、奈津子に背中を向けていた最後の一人が振り返った。

「奈津子」

悲しい目をした翼だった。

すでに回りは大勢の警察官達が固唾を飲んで取り囲んでいた。

「あの馬鹿」

タツヤは唇を噛む。

「あなたがいなければ」

突然、真緒が奈津子に向かって走り出した。

「あなたさえいなければ、私は翼と幸せに暮らせたのよ」

バッグから何かを取り出した。それが何かの拍子にキラリと光る。

「真緒よせ。やめるんだ」

翼が叫ぶ。一斉に包囲していた刑事達が走る。

「奈津子」

叫びながら、誰かが奈津子の前に立ち塞がった。奈津子には何が起こったのか理解することができない。背中を向けた翼がゆっくりと、ゆっくりと地面に倒れた。まるでスローモーションを見ているみたいに、周りにいた人達の動きも止まっている。しばらくしてバタッという鈍い音とともに、赤い液体が流れた。奈津子は大きな目を広げて、今起こっていることを理解しようと努めた。

「な、つこ……」

翼が身体中の力を振り絞って奈津子の名を呼ぶ。奈津子の足元に真っ赤な血が流れた。翼が真緒に刺されたのだ。

「翼、嫌ぁ――――!」

翼の返り血を浴びた真緒が刑事に取り押さえられる。目は呆然と倒れた翼に注がれていた。

「奈津子がいけないのよ。あなたさえいなければ」

真緒の口がパクパクとだけ動く。声はまったく聞こえてこない。すぐ目の前で翼が奈津子を呼び、手を差し出しているのに、奈津子にはそこまでがとても遠い気がした。駆け寄りたいのに、足が、足が動かない。まるで地面に張りついてるみたいに。

「翼、しっかりして。お願い、死なないで」

奈津子は泣きながら叫んだ。間もなく翼は到着した救急車に乗せられた。

「私も乗せて下さい」

奈津子は病院に搬送されるまで、ずっと翼の手を握り名前を呼び続けた。翼は最後の力を振り絞って奈津子の名を呼んだ。

「奈津子。真緒のこと許してほしい。俺の責任なんだ……。奈津子、ずっと好きだったよ……」

「分かってるわ。もう何も言わないで」

奈津子の目から涙が零れた。

「惚れ薬でもあれば飲ませたかったたな……」

そう言うと翼はうっすらと笑った。

「しっかりして、翼。こんな傷なんかに負けちゃ駄目よ」

泣くまいとしても、あとからあとから涙が溢れて止まらない。

「な、つこ、お前の腕の中で死ねるなんて、俺は幸せ者だな」

「死ぬなんて絶対、絶対に許さないから……」

手術室に入ってから、三時間が過ぎようとしていた。奈津子は一人廊下で手術が終わるのを待った。真緒がどんな人生を歩んできたのか。真緒が流した涙の分だけ翼もまた辛く悲しい道程《みちのり》を歩んできたに違いなかった。「翼、死なないで……」。奈津子は神に祈った。やがて、手術中のランプが消え執刀医が出てきた。

「先生、翼は……」

医師は「残念です」と一言だけ言って、頭を下げた。ちょうどその時、タツヤが息を切らせて廊下を走ってきた。医師は同じように頭を下げて通りすぎていった。

「翼が……死んじゃった」

奈津子は人目も憚《はばか》らずワアワアと泣きじゃくった。

## 五

警察は、岩田が奈津子宛てに送ってきたという証拠の品を押収した。

その中には、中森が写した永井、杉本の大麻取引の現場写真のネガやテープなどが入っていた。もちろん堀井の顔も写っている。

堀井はそれらの証拠品を燃やそうとしていたところを、警察官に取り押さえられたのだった。すでに杉本が処分していた奈津子が見たというセカンドバッグの中にも、同様の写真とテープが入っており、中森は自分の命の危険を感じて、それらのものを岩田へ託したものと思われた。そして、真緒が自供を始めた。

数日後、タツヤは奈津子の部屋を訪ねた。

「少しは元気になった?」

「う、うん」

奈津子は力なく頷いて見せる。

「なんだ、君らしくないぞ」

「うん」

「この前のフランス料理でも食いに行くか。いいワインも入ったぞ」

「うん」

今度は元気よく言った。

「実をいうとお腹が減ってたの。ずっと翼のこと考えていたから、食欲もなくて……。でもタツヤの顔見たら急にお腹が減っちゃった」

タツヤはハハハと笑った。


「事件は全部解決したの？」

ワインを飲んで、食事も済ませ、デザートのケーキとコーヒーが運ばれてくる。

「杉本が主犯だったんだ」

そして、マリッジリングのオーナーは杉本の父親だったという。父に任されていた八ヶ岳のロッジがどんどん赤字になり、永井と二人で大麻の密輸や売春で資金かせぎをしようと計画したのだった。

「永井さんは？」

奈津子はタツヤから目を逸らさずに言った。

「永井は、杉本と真緒に殺されてた」

永井を恨んでいた真緒と、永井が邪魔になっていた杉本が共謀してのことだった。

「永井は酒乱で、酒を飲むと凶暴になって暴れるらしい。杉本もそうとう手をやいていたみたいだよ」

杉本の自供の下に、八ヶ岳のロッジの裏山から永井の遺体が掘り起こされた。真緒の実の母が埋められていた場所から十メートルと離れていないところだ。何度もロッジの売却話が出ても、真緒の母親を埋めていたため、売却することもできなかったのだ。

「真緒のお母さんを殺したのは、やっぱり永井さんだったのね?」

「ああ。困った永井は杉本に相談して、八ヶ岳の山中に埋めたんだ。あの辺一帯父親が持っている土地だから、売らない限りは安全だと思っていたんだろうな」

奈津子はコーヒーにミルクをたっぷりと入れて、いつまでもスプーンをグルグルと回した。

「駅や階段で私を殺そうとしたのも、真緒だったの?」

「ああ」

タツヤはゆっくりと頷くと話を続けた。

「真緒は永井の家に引き取られてから、ずっと永井の言いなりだったらしい。逆らえば暴力を振るわれて、逃げてもどこまでも追いかけてくる。マリッジリングで男を騙したり、八木沢さんと結婚したのも、みんな永井の命令だったんだ。八木沢さんは身寄りもなくて、ちょうど犯人役にぴったりだったってわけだ」

タツヤは足を組んでコーヒーを飲んだ。

「そう」

奈津子は力なく答えてからケーキを引き寄せた。

「真緒はいつも永井から逃げることばかり考えていたそうだ。それが、杉本から自分の母親を永井が殺したことを聞いてからは、復讐に目覚めたっていうわけだ。真緒はずっと母親を探し求めていて、いつか必ず母親に会えるって信じていたみたいだよ」

奈津子は黙って聞いていた。

「永井を殺してからは、自分を抹殺して誰も知らない土地へ行くことを望んでいたらしい」

「それで私のパスポートを……」

タツヤは、真緒が本当は奈津子を殺して身代わりにするつもりだったことを言えずにいたが、奈津子には分かっていた。

タツヤは煙草を一本取り出すと、火を点け、フーッと煙を吐いた。

「真緒は生まれ変わりたかったんだと思うよ。今までの自分を葬って、見知らぬ土地でやり直したかったんだろうな。大沢と二人で」

施設で育った二人にとって施設でのことはお互いに思い出したくない過去だったに違いない。偶然同じ会社に勤めることになった真緒は、苦しかった施設での生活の中でたった一つ心の支えだった翼に再会したことで、また翼への想いを強くしたのだった。

「真緒が可哀相」

奈津子はぼんやりとした目で呟く。そして「翼には生きていてほしかったな」と、ケーキを食べ、コーヒーを飲みながら言った。

「ああ」

とタツヤもコーヒーを飲んだ。

「翼は、なぜあの現場にいたの？」

奈津子の目が心配そうにタツヤに問いかける。

「まさか、彼も犯人なの？」

「真緒から彼にメールがあったそうなんだ」

「メールが？」

「ああ」

タツヤは表情を変えずに頷いた。

「翼は驚いたでしょうね。死んだと思っていた人からメールが届いたんだもの」

「多分、半信半疑だったんだろうよ。でも真緒のことは放ってはおけなかったから」

「だから、あの場所まで……」

奈津子があとを続けた。

「『一緒に外国に行ってほしい』そう書いてあったそうだ」

「でも、部長の、岩田部長の荷物はなぜ分かったの？　翼が堀井さんに知らせたの？」

タツヤは首を横に振った。

「彼の携帯電話に盗聴器が仕かけてあったらしい」

「そう。翼は悪くなかったのね」

奈津子は少し安心したように呟いた。

「でも、もう翼の声は聞けなくなっちゃったのね」

しんみりと言った。


堀井は学生時代、留学中に、たった一度だけ羽目を外して意識が失くなるまで酒を飲んだ。朝になったら死体と一緒に眠っていた。それが永井と杉本のワナだと気づいた時には、どっぷりと悪事に手を染めていたのだ。

「堀井は父親との板挟みになって、何度も自殺を考えたそうだ」

「堀井さん、カッコよかったのに」

「なんだよそれ」

「堀井さん、すごく紳士だったのよ。優しかったし。彼もそうとうな罪になるの?」

「さあな。でもこれから、売春や密売なんかの大がかりな捜査が始まるだろうから……」

「中森さんは会社のお金を横領していただけで、大麻や売春とは関係なかったんでしょ」

「それが、最初は中森の方が横領をネタに揺すられて、さらに彼らのために大金を横領することになったらしいんだけど、今度は逆に、大麻と売春をネタに中森の方が彼らを揺すったんだ。だから殺された。岩田さんは何度も中森を説得するために会っているうち、事件に気づいて杉本に殺された」

「杉本さん、そんなふうには見えなかったのにな」

と奈津子が言ったので、

「君は本当に人を見る目がないよ。だから堀井のいいかげんな情報に振り回されるんだ」

と、笑って言った。そして、こう話を続けた。奈津子が、杉本が監禁されていると言って翼と救出劇を演じた時だ。あの時、杉本が監禁されていたはずのあの場所で、大麻の取引が行われていた。さらに、その奥の部屋では大麻パーティが開かれていて、タツヤを含めた大勢の刑事達は数時間前からそこに張り込んでいたのだ。

「あと一歩で取引現場を抑え、逮捕って時に、奈津子がチョロチョロと二回も現れるから杉本達が警戒して、その日の取引も、パーティも中止になったんだ。それどころか、君は向こうの連中に狙われて、命さえ落としかねなかったんだぞ」

たくさんの車が停まっていたのも、タツヤの靴が汚れていたのもそのせいだったのだ。

「僕が二年間も捜査して、やっと逮捕って時に」

すっかり奈津子がぶち壊したのだった。

「まったく、人を見る目がないにもほどがあるよ。だから、殺人のアリバイ作りなんかに利用されるんだ」

タツヤは山家が殺された時のことを言っていた。山家は永井と杉本によって殺されていたのだ。

杉本と永井は幼なじみで、小さい頃からそうとう悪いことをやってきた。詐欺やひったくりは朝飯前で、近所でも有名だったらしい。大麻に手を染めたばかりじゃなく、殺人まで犯した杉本に、彼の父はがっくりと肩を落とし、涙を流した。

「何よ。そりゃあ私は男を見る目がないわよ。でも、だから結婚できずにいるわけじゃないんだから」

奈津子はいきなり怒り出した。奈津子はあと二週間で二十六歳になる。

「誰もそんなこと言ってないだろ。だいたい君は思い込みが激しすぎるんだよ。この僕を、善良なこの僕をだよ、よりによって犯罪者にしちまうんだからな。信じられないよ。まったく」

「ごめん。そのことは謝ったでしょ。反省しています」

奈津子は神妙に頭を下げている。

「すっごく反省してるから」

今日の奈津子はやけにしおらしい。

「この僕が犯罪者で、なんで殺人者の杉本が監禁されているなんて考えるんだか、まったく馬鹿としか言いようがない」

形勢は一気に逆転したかに思われた。ところが、

「そこまで言うことないじゃない」

と、奈津子は大声で泣き出した。

「ば、馬鹿。泣くなよ。悪かった。僕が悪かった。頼むから泣かないでくれ」

「馬鹿馬鹿言うことないじゃない」

奈津子はさらに大声を上げた。

「ご、ごめん。き、君はとっても可愛いし、美人だし、そ、それに……」

タツヤは大慌てで奈津子の機嫌を取った。

「それに？」

奈津子は、じんわりと涙に濡れた目でタツヤを見た。

「それに君は食べっぷりもいいし、飲みっぷりもいい」

奈津子は訝しげに首を傾げた。

「い、いや。そうじゃなくて、とにかくいい女だよ、君は。ハハハッ」

「ホントに？」

「ああ、もちろん」

「分かればいいのよ」

奈津子はすっかり機嫌を直してケーキに夢中になり、タツヤの分まで食べている。

「美味しい」と叫ぶ奈津子の目には、もうすっかり涙の跡は消えていた。

タツヤは冷や汗を拭きながら、新しい煙草に火を点けて、大きく煙を吐いた。

奈津子の脳裏に、ＯＬ時代の真緒の姿が浮かぶ。中森、翼、真緒、そして奈津子。四人はよく一緒にランチもしたし、飲みにも行った。奈津子とは対照的におっとりとした真緒は、社内でもモテモテで、よく男性社員に誘われていたが、「ごめんなさい」といつも断っていた。どうしても断りきれずデートをする羽目になった時は、奈津子も一緒にと引っ張って行かれ、奈津子がぶち壊してくる。本人にはそのつもりなんてなかったりもするのだが。

「真緒、本当は私のこと大嫌いだったのね」

奈津子はポツリと言った。

するとタツヤは真緒の証言を教えてくれた。

「私、奈津子のことが羨ましかったの。誰にでも好かれて、屈託がないっていうか……それがいつの間にか嫉妬に変わって、憎しみに変わった。翼が奈津子を好きだと知ってからは、もう憎くて憎くて堪らなかった。でも、本当は大好きだった。ずっと親友でいたかった」

そう真緒は言っていたという。

「真緒、これからどうなるの？」

奈津子はタツヤの指に挟まれている煙草の煙を眺めていた。

「人を殺しているからな」

真緒はマリッジリングで自分と同じように身寄りのない、年かっこうのよく似た女を探し、自分の保険証を持たせて歯医者に通わせ、自分の身がわりにしたのだった。奈津子が真緒と一緒にスパゲッティを食べていた時、彼女はすでにあの部屋の押し入れで眠らされていたのだ。

「コインロッカーから血の付いた木彫りの熊の置き物が見つかったそうだ」

「え、あれを凶器に使ったの？」

奈津子は愕然とした。

「あれは、みんなで北海道に行った時に買った物なの。真緒には思い出の品なのに、どうして……」

「死んだと思っていた被害者が息を吹き返したんで、慌てて側に置いてあった熊の置き物を手にしたらしい。でも、捨てられなかったそうだ」

「そう」

と、奈津子は残っていたケーキの一口を口に入れて言った。

「でも、どうして私を永井さんのアリバイ作りに利用したんだろ。何も私じゃなくたって他にいくらでもいたのよ。結婚式に出ていたのは会社の女の子だけでも七人もいたんだもの」

そのことについても真緒は「奈津子は誰とでも簡単に一晩過ごすような女だって翼に思わせたかったの」と証言していたらしい。

そして真緒は、自分がどんなに翼を愛していたかを切々と刑事達に訴えたというのだ。

「それは、君の性格がよかったからだろ」

タツヤはふざけて言った。

「私の性格って?……女らしいところ?　控えめなところ?　それとも無口なところかしら?」

タツヤは真面目な顔で奈津子の顔を覗き込んだ。

「マジで言ってる?」

「超マジ」

とたんにタツヤは大笑いして、煙草の煙を吸い込むと思いきりむせた。

その日、気象庁が梅雨明け宣言を発表した。いよいよ夏本番という暑い一日だった。

**著者プロフィール**

**紗伯 樹**（さえき いつき）
1960年、新潟県生まれ。

**惚れ薬でもあれば一服盛りましょうか**

2004年9月15日　初版第1刷発行

著　者　紗伯 樹
発行者　瓜谷 綱延
発行所　株式会社文芸社
〒160-0022　東京都新宿区新宿1－10－1
電話　03-5369-3060（編集）
03-5369-2299（販売）

印刷所　株式会社ユニックス


ISBN4-8355-7910-0 C0093